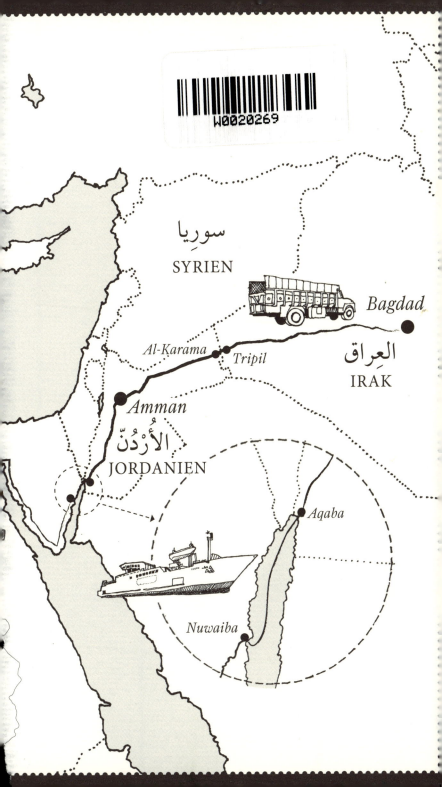

سُورِيا
SYRIEN

Bagdad

Al-Karama

Tripil

العِراق
IRAK

Amman

الأُرْدُنّ
JORDANIEN

Aqaba

Nuwaiba

Abbas Khider

Brief in die Auberginenrepublik

Roman

Edition Nautilus

Die Arbeit an diesem Roman wurde durch das
Alfred-Döblin-Stipendium der Akademie
der Künste Berlin und das Arbeitsstipendium
der Robert-Bosch-Stiftung gefördert.

Edition Nautilus Verlag Lutz Schulenburg
Schützenstraße 49 a · D - 22761 Hamburg
www.edition-nautilus.de
Alle Rechte vorbehalten · © Edition Nautilus 2012
Originalveröffentlichung · Erstausgabe Februar 2013
Umschlaggestaltung: Maja Bechert, Hamburg
www.majabechert.de
Landkarte: Beate Stangl
Druck und Bindung:
Freiburger Graphische Betriebe
1. Auflage
Print ISBN 978-3-89401-770-5
E-Book EPUB ISBN 978-3-86438-130-0
E-Book PDF ISBN 978-3-86438-131-7

Fast ein Jahrzehnt, von den letzten Jahren des 20. bis in die ersten Jahre des 21. Jahrhunderts, hast Du kaum Briefe von mir erhalten, und ich ebenso wenige von Dir. Für Dich und für die anderen wartenden, traurigen und dennoch hoffnungsvollen Seelen ist dieses Buch.

Tage kommen und gehen
alles bleibt wie es ist
Nichts bleibt wie es ist
es zerbricht wie Porzellan
Du bemühst dich
die Scherben zu kleben
zu einem Gefäß
und weinst
weil es nicht glückt

Rose Ausländer

Die Erde ist schon immer oval gewesen, wie ein Ei, und sie steht still, weil sie nicht haltlos in der Leere schwebt, sondern auf die Hörner eines Ochsen gespießt steckt. Die vier Beine des Ochsen stehen fest verankert in der Tiefe des unendlichen Weltalls. Eines seiner Hinterbeine ruht im Paradies, das andere brennt in der Hölle. Von den beiden vorderen Hufen steht einer im Wasser der Schöpfung und einer im Feuer Satans. Die Seite des Erdeneis, die sich dem Wasser der Schöpfung und dem Paradies zuwendet, ist mit Wohlbehagen und Frieden gesegnet und befindet sich in einem Zustand dauerhaften Glücks. Die andere Hälfte hingegen, die über der Hölle und dem Feuer Satans steht, kocht im Fegefeuer von Diktaturen, Krieg und Armut.

Hin und wieder jedoch wechselt der Weltenochse seine Beinstellung, und dies hat fatale Folgen für das Weltenei: Es gerät aus dem Gleichgewicht, und jede Schwankung erzeugt immer wieder neue Zeitalter und Epochen. Aus diesem fiebrigen Zustand des Eis schlüpft die Menschheitsgeschichte, die eine immer wiederkehrende Entwicklung erfährt: Zuerst erlebt die eine Seite der Erde – die Hälfte der Menschheit – Wohlstand, dann aber folgt tiefe Dunkelheit. Es ist, wie Nietzsche sagen würde, eine ewige Wiederkehr des Immergleichen: Die Geschichte verläuft nicht linear, sondern im Teufelskreis einer wechselnden Abfolge angenehmer und unerträglicher Ereignisse.

Dank der Weisheit des Heiligen Ochsen waren jedoch das Lachen und das Weinen in der Welt gerecht unter den Menschen verteilt – bis vor einigen Jahrzehnten der Ochse plötzlich in seiner Beinstellung erstarrte. Seitdem steht die Welt still. Für die Menschen, die zuvor in der Dunkelheit lebten, währt diese weiter fort, während die anderen weiterhin in vollem Licht und Glanz stehen. Und niemand im Universum weiß, warum der Ochse sich nicht mehr bewegt…

Auf der dunklen Seite des Eis beginnt die Geschichte eines Briefes, die ich Euch erzählen will. Sie spielt in Afrika und in Asien. Genauer: in Arabien. Ganz genau gesagt, beginnt sie in Libyen und endet im Irak. Und um mikroskopisch exakt zu sein, spielt sie in diesen armen Ländern in den allerdunkelsten Gegenden: den Stadtvierteln Gaddafi City in Bengasi und Saddam City in Bagdad.

Erstes Kapitel

✽

Salim Al-Kateb, 27 Jahre alt, Bauarbeiter
Freitag, 1. Oktober 1999
Bengasi, Libyen

✽

Das elendige, von armen Einheimischen und Ausländern bevölkerte Viertel Ras Ebeda, das man hier spöttisch »Gaddafi City« nennt, schläft tief unter der Decke der schwülen Hitze. Es ist der 1. Oktober, und dennoch sieht alles aus wie in einem Dampfbad. Als ich die Hauptstraße erreiche, die nur dreihundert Meter von meinem Haus entfernt liegt, sticht mir die Hitze bis in die Knochen. Die Bushaltestelle steht mitten in der Sonne, ohne Mauer oder Dach. Um mich herum gibt es nur leere Straßen und geschlossene Geschäfte. Nichts bewegt sich, allein der Wind lässt den Staub und einige am Straßenrand liegende Zeitungsfetzen, Zettel und Plastiktüten hochfliegen.

Dieses Wetter verwandelt Bengasi zur Zeit der Mittagsruhe in eine Geisterstadt. Fast alle Menschen sitzen daheim in ihren Wohnungen, genießen die kühle Luft der Klimaanlage, halten Mittagsschlaf und glotzen ägyptische und syrische Seifenopern. Seit die Regierung Satelliten erlaubt hat, machen die Leute hier nichts anderes, als die Welt auf dem Bildschirm zu entdecken.

Endlich, ein weiß-blauer Bus taucht auf. Der Fahrer fährt langsam, hält an und ruft: »Stadtmitte, Strandpromenade. Schnell!« Ich steige ein und setze mich auf einen der hinteren Plätze. Außer mir gibt es noch acht weitere Fahrgäste. Die klimatischen Verhältnisse im Inneren des Busses gleichen einer libyschen Bäckerei. Alles riecht nach Fett und nach Schweiß. Die Klimaanlage funktioniert nicht, und ich bin bereits nach kurzer Zeit schweißgebadet. Keiner sagt etwas. Wieso eigentlich? Normalerweise plaudern die Menschen hierzulande gern. Stau gibt es zum Glück keinen. Der Bus fährt trotzdem so langsam, als würde er behutsam auf Eiern rollen. Bis ich die Nasserstraße erreiche, wird es bestimmt ein Weilchen dauern. Doch ich bin nicht weit vom Ziel entfernt.

Unfassbar, dass es nur noch wenige Minuten dauern wird, bis ich den Brief abschicken kann und darf. Zwei Jahre habe ich warten müssen. Seit zwei verdammten Jahren träume ich davon, eine Möglichkeit zu finden, ihn in einen Briefumschlag zu stecken und »Adieu« zu sagen.

Die letzten beiden Tage habe ich ausschließlich damit verbracht, diesen Brief zu verfassen. Ich arbeitete an ihm, und noch gestern überdachte, verbesserte und änderte ich das Geschriebene. Dabei musste ich immer an Samia denken, wollte ihr eine Menge erzählen und konnte doch nur wenig sagen. Auch früher schrieb ich zahlreiche Briefe an sie, die sich im Laufe der Zeit in ein kleines Buch verwandelten, das ich jedoch vernichtete, weil mich die Hoffnungslosigkeit übermannte, alles wäre vergebens und diese Briefe würden niemals abgeschickt werden. Es war und ist mir immer noch unvorstellbar, einen Brief einfach mit einer Briefmarke zu bekleben und loszuschicken. Wenn es so einfach wäre, schriebe ich jede Woche einen langen Brief an Samia.

In den ersten Monaten nach meiner Ankunft in Bengasi ging ich einmal wöchentlich zur Post. Jedes Mal stand ich vor dem Postgebäude und begriff, dass diese Idee nicht besonders gut war. Schnell gab ich auf und kehrte mit dem Brief nach Hause zurück, setzte mich an meinen Schreibtisch und schrieb neue Sätze hinzu. Meine damaligen ägyptischen Mitbewohner, mit denen ich immer noch auf der Baustelle arbeite und anfangs einige Monate im Stadtbezirk Sidi-Hussein zusammengewohnt hatte, bevor ich in meine jetzige Wohnung in der Gaddafi City gezogen bin, lachten mich aus und spotteten, ich sei in eine Postangestellte oder gar in das gesamte Postamt verliebt.

Als ich das erste Mal in der Poststelle ankam, standen Leute in einer langen Warteschlange vor mir. Fast dreißig Minuten musste ich anstehen, bis ich endlich an die Reihe kam. Die unfreundliche Angestellte mit ihrem übertriebenen, stark glänzenden Make-up, fleckig wie ein durstiger Storch, kaute so energisch auf ihrem Kaugummi, dass der Eindruck entstand, sie wolle ihn sogleich auf mich oder die anderen Kunden ausspeien. Ihr gelangweilter Blick streifte mein Gesicht, und dann schleuderte sie ein

»Was?« heraus. Ich antwortete nicht, drehte mich einfach um und verschwand umgehend. Vor dem Postschalter und dem bunt bemalten Gesicht dieser Frau war plötzlich die Frage in meinem Kopf aufgetaucht: Was, wenn der Brief in den Händen der Polizei landen und Samia deswegen festgenommen würde? Diese Vorstellung machte mich unendlich traurig und wütend. Wenn ich daran dachte, zitterte ich vor Angst. Ich wusste, die Mörder in Bagdad würden Samias Leben in eine noch qualvollere Hölle verwandeln, sollten sie von den Briefen erfahren, die ich ihr schickte. So schaffte ich es nie, tatsächlich einen der Briefe irgendeinem Postbeamten in die Hände zu drücken. Manchmal kam es mir vor, als würde mich jemand beobachten.

Kein Wunder, dass ich mir solche Sorgen mache! Ich bin politisch verfolgt. Alles geschah im Jahr 1997 für uns unerwartet. Wir waren acht Freunde aus der Bagdader Universität, fünf Jungs und drei Mädchen, die sich jede Woche zum Leseabend getroffen und über ein Buch diskutiert hatten. Und das brachte uns die Anklage ein: Lesen verbotener Bücher. Bis heute ist mir unklar, wie uns die Polizei aufspürte. Alle Männer wurden an einem sonnigen Tag im Mai auf dem Universitätsgelände festgenommen, nicht aber die drei Kommilitoninnen. Warum sie nicht? Mir ist das ein Rätsel! Auch im Verhörzimmer hat keiner von uns – Jungs – die Namen der Mädchen unter Folter verraten.

Sieben Tage meines Lebens verbrachte ich im Kerker, oder genauer in der Schweiz, wie man das Gefängnis im Irak ironisch bezeichnet. Vielleicht, weil das Elektroschock-Gerät »made in Switzerland« ist? Es waren die schrecklichsten sieben Tage meines Lebens. Ich hockte in einer engen Zelle, gefühlt einen guten Meter im Quadrat, mit nichts außer vier Wänden, einer Glühbirne, einem Eimer zum Pinkeln, einem Trinkglas und einer schmutzigen Decke. Ich kam mir vor wie eingesargt, in einem altägyptischen Grab, in dem man nur das Nötigste ins Jenseits mitnehmen darf. Den ganzen Tag herrschte Totenstille. Doch ab und zu öffnete sich die Tür, wenn die Wärter mit dem Essen – einem Stück Fladenbrot – auftauchten oder mich zum Verhör abholten. Eine Woche lang lebte ich zwischen diesem Grab und einer Folterkammer, die man Verhörzimmer nennt.

Weil mein Onkel Mazen es schaffte, die Verhörpolizisten zügig zu bestechen, entließ man mich, noch bevor meine Akte in der Sicherheitszentrale landete. Mein Onkel kennt alle, er ist Unternehmer, einer, der mit vielen wichtigen Männern in der Regierung zusammenarbeitet. Er holte mich ab und sagte zu mir: »Deine Akte wird bald wieder dran sein. Ich habe veranlasst, dass sie für ein paar Tage auf die Seite gelegt wird. Bald sucht man dich wieder. Du solltest sofort ins Ausland gehen. Ich habe alles für deine Flucht organisiert.«

Eine Stunde später nahmen mich zwei kurdische Männer mit. Ich musste mich in ihrem Lastwagen verstecken, fast zwanzig Stunden lang. Solange dauerte die Fahrt gen Norden bis an die Grenze zu Syrien. Mit einem Boot ruderten wir über den Grenzfluss Euphrat, und einige Minuten später befand ich mich nicht mehr im Irak. Auf syrischer Seite empfingen mich Iraker und ein paar syrische Polizisten. Mit einem Jeep fuhren wir bis in die Stadt Kamischli. Dort gaben mir Mitglieder der irakischen Kommunistischen Partei einen gefälschten Pass und schickten mich weiter nach Damaskus. Doch in Syrien wollten sie mich nicht behalten: Ich musste das Land verlassen und bis nach Libyen weiterfahren. Die Leute in Damaskus sagten: »Keiner kommt nach nur einer Woche aus dem Knast. Verschwinde schleunigst nach Libyen! Damaskus wird gefährlich für dich, weil viele einen Maulwurf in dir vermuten werden. Und durch den Ruf deines Onkels bist du hier sowieso nicht willkommen.«

Nichts davon verstand ich. Ich kam mir vor wie ein Ball, der hin und her geworfen wird. Innerhalb weniger Tage hatte sich mein ganzes Leben verändert. Das ist meine Geschichte, sie ist kurz, zugleich aber auch sehr lang. Nur zehn Tage meines Lebens, in denen ich alles verloren habe: meine Familie, meine Heimat, meine Freundin, mein Studium und meinen Ruf. Und jetzt hocke ich in Nordafrika, arbeite auf der Baustelle und versuche zu überleben. Mein Traum ist, eine Möglichkeit zu finden, einen Brief an Samia zu schicken und ihr zu berichten, dass ich kein Verräter bin, noch lebe und sie nicht vergessen habe.

Endlich aber gibt es eine Lösung. Oder es scheint mir zumindest so, als wäre eine Lösung greifbar. Vor einigen Tagen besuchte ich das Café Tigris, in der

Nähe des Midan Al-Schajare – des Baum-Platzes – im Zentrum, das einzige Café in Bengasi, dessen Besitzer ein Iraker ist. Hier werden den ganzen Tag traurige südirakische Lieder gespielt, treffen sich viele irakische Arbeiter und trinken den irakischen Tee, der so schwarz und bitter wie das Herz der Politiker unseres Landes ist. Sie beschweren sich rund um die Uhr über die Politik in ihrer Heimat und über das langweilige Leben in Libyen. Mir kam in diesem einzigartigen »Tigris« zu Ohren, es gäbe einen guten neuen Friseur in der Stadt. Er sei auch Iraker, und ich bekam die Idee, mir von ihm die Haare schneiden zu lassen.

Der junge Jafer bestätigte alle Vorurteile über Friseure. Er schwatzte ohne Punkt und Komma, wie ein Radio auf zwei Beinen, ein Wasserfall aus Gerede, Gerüchten und Nachrichten. Als er mich nach dem Befinden meiner Familie in Bagdad fragte, entgegnete ich, dass ich keinerlei Ahnung hätte. Bei meinen Angehörigen gäbe es keinen Festnetzanschluss, und selbst wenn, ich könnte sie nicht anrufen, wegen der Überwachung! Briefe verschicken oder auch empfangen sei ebenso unmöglich. Jafer verstand sofort, schließlich stammte er nicht vom Mars oder aus Luxemburg. Er behauptete, es bestünde eine Möglichkeit, Kontakt mit der Familie im Irak herzustellen.

»Ziemlich kompliziert«, meinte er. »Man erzählt sich, es gibt in der jordanischen Hauptstadt einige irakische Lastwagenfahrer, die ständig zwischen Bagdad und Amman unterwegs sind.« Seit dem Handelsembargo von 1991 sei Amman die einzige Stadt, von der man noch etwas in den Irak transportieren könne. Die Fahrer lieferten illegal auch Briefe der Exilanten von Amman nach Bagdad. Auch Antwortpost der Angehörigen aus Bagdad könne von denselben Fahrern nach Amman mitgenommen werden. »Früher wusste ich auch nicht, wie man an diese Lastwagenfahrer herankommen kann. Sie fürchten sich natürlich auch, von der Sicherheitspolizei erwischt zu werden. Die einzige Möglichkeit ist, jemanden aufzutreiben, der einen dieser Fahrer kennt. Und ich kenne so einen Mann.«

»Amman? Das ist in Jordanien! Wir sind hier in Nordafrika!«

»Im Exil gibt es für jedes Rätsel eine Lösung. Vor kurzem habe ich von einem Libyer in Bengasi namens Malik Gaddaf-A-Dam gehört. Er besitzt im Zentrum ein Reisebüro, das Al-Amel – Hoffnung – heißt. Deine Hoffnung kann nur in diesem Reisebüro erfüllt werden. Malik arbeitet auch als Briefmanager und hat Kontakte zu den Lastwagenfahrern. Die Briefe werden mit Sammeltaxis in ein Reisebüro in Amman transportiert, das Maliks Freund oder Geschäftspartner gehört. Die Lastwagenfahrer geben oder holen die Briefe dort ab. Dieser Freund verlangt aber pro Brief 200 Dollar. Niemals hätte ich gedacht, dass Briefsenden so teuer sein kann.«

»200 Dollar? Fast 600 libysche Dinar? Ich verdiene nicht einmal 400 Dinar im Monat. «

»So sind die Tatsachen.«

»Das heißt, ich muss das Geld ausgeben, das ich in

den letzten Monaten gespart habe. Und wie erreiche ich diesen Malik?«, fragte ich Jafer.

»Wenn du möchtest, organisiere ich dir einen Termin mit ihm.«

Zu diesem Treffen bin ich nun unterwegs. Ich hoffe sehr, dass dieser Malik wirklich geschäftstüchtig ist. Was soll ich tun, wenn er von der Sicherheitspolizei oder einer von den Maulwürfen ist? Dann habe ich den Brief und das Geld verloren und obendrein vermutlich die Aufenthaltserlaubnis in Libyen. Vielleicht bekommen die Libyer sogar heraus, dass ich hier mit einem gefälschten Reisepass lebe. Nein, er ist bestimmt ein richtiger Geschäftsmann. Im Exil leben unzählige Kreaturen, die an nichts anderes als an Geschäfte denken. Ohne diese Leute wäre das Exil die Hölle. Diese Figuren aber sind die Fachmänner der Hölle. Ohne die Mafia und solche Geschöpfe kommt ein Exilant nicht aus. Manchmal braucht man sie einfach, die Geldgeilen des Friedhofs, die einem das Leben im Grab erleichtern können.

Was lernst du auf dieser verdammten Erde? Ist es so weit gekommen, dass ich daran glaube, die Mafiosi wären notwendig? Vielleicht sind sie es, nicht im Leben aller, wohl aber im Leben eines Exilanten. Der Brief steckt jetzt in meiner Hosentasche und wird noch heute versendet. Und mir ist vollkommen egal, ob Malik Mafioso, Maulwurf oder der Teufel ist. Für mich ist er einfach ein Postbote.

Obwohl ich mich in diesem Brief an Samia wende, habe ich ihn nicht an sie, sondern eigentlich an mich selbst geschrieben. Ich bin vermutlich derjenige, den Emile Cioran meinte, als er sagte: »Nur der Schriftsteller ohne Leser kann sich den Luxus leisten, aufrichtig zu sein. Er wendet sich an niemanden, höchstens an sich selber.« Und diesen Brief habe ich für mich und das Nichts verfasst, weil er höchstwahrscheinlich seine Empfängerin nicht erreichen wird. Aber warum mache ich mir dann so viele Gedanken darüber? Ich habe doch, seit ich in Bengasi bin, aufgehört, alles begreifen zu wollen. Das sind unschätzbare Vorteile des Exils. Man erreicht eine Stufe völliger Gleichgültigkeit und nimmt die Dinge, wie man sie vorfindet. Das Nicht-Denken, die Gleichgültigkeit und die Leichtigkeit könnten auch ein Ort persönlicher Freiheit sein. Alles kann ein solcher Ort sein, sogar das Schreiben eines Briefes oder auch nur ein einfacher Stuhlgang. Was sagte Mustafa zu mir über die neue Gottheit, die er geschaffen hat? »Die Scheiße ist die einzige Göttin der guten Taten.« Ich erinnere mich immer noch lebhaft an ihn. Dabei bin ich ihm nur ein einziges Mal begegnet. Und auch nur für zwei Stunden. Mehr nicht.

Mustafa traf ich in Bagdad, als ich in der Haftanstalt Rassafa saß. In jener winzigen, halbdunklen, feuchten, schmutzigen, stinkenden Gefängniszelle öffnete sich einmal die Tür, und die Wärter stießen einen Mann hinein. Er stand vor mir, regungslos wie ein 50-Kilo-Mehlsack. Ein brauner, kahlköpfiger Mann. Vermutlich um die dreißig Jahre alt. Unerwartet befand ich mich nicht mehr allein in der Zelle. Es war so gut, in jenem Loch wieder auf einen Menschen zu treffen. Der Ankömmling grinste. Seine großen schwarzen Augen wirkten zugleich fröhlich und verloren, als ob er von einem Dämon besessen wäre. Anfangs vermutete ich, er müsse verrückt sein. Mustafa war Mitglied einer verbotenen islamischen Partei. Mehr wollte er mir nicht mitteilen. Was er mir hingegen gern und ausgiebig erzählte, waren seine Erlebnisse im Verhörbüro wenige Minuten zuvor.

»Das war unglaublich. Diese Verhörpolizisten sind Angsthasen, richtige Weicheier. Vor einem Jahr haben sie mich schon einmal verhört. Ich dachte, damit wäre alles vorbei, und ich müsse nur noch auf die Gefängnisstrafe warten. Jetzt haben sie meine Akte wieder herausgekramt, weil irgendjemand meinen Namen erwähnt hat. Aber bevor ich dir von heute berichte, hör erst von damals, von den ersten Verhörtagen. Vor einem Jahr wusste ich, die Foltermethoden würde ich nicht lange ertragen können. Wenn sie mich immer weiter und grausamer quälten, würde ich vermutlich alles preisgeben und einige Namen meiner Parteimitglieder verraten. Ich überlegte, was ich machen könnte und kam auf eine verrückte Idee. Zwei Tage lang kämpfte ich dagegen an, auf die Toilette zu gehen. Ich wollte nicht, weigerte mich. Sie holten mich ab, fesselten mich und begannen, mich mit dem Offiziersstab überall zu schlagen. Ich musste jetzt nicht mehr gegen den Druck ankämpfen und konnte einfach loslassen. Nach dem siebten, achten oder neunten Schlag gab ich erleichtert auf, zuerst fielen die harten Exkremente, dann wurde es immer weicher. Es stank plötzlich erbärmlich, überall im Büro. Die Verhörpolizisten brüllten: ›Verdammter Mist, er hat sich vollgemacht. Bringt ihn augenblicklich weg von hier!‹ Das war der letzte Tag, an dem sie mich in der Folterkammer gefesselt und gefoltert haben. Seitdem fürchteten sie, dass ich in ihrem Büro noch einmal in die Hosen machen könnte. So endeten meine Untersuchungstage. Meine Scheiße rettete mich. Ich brauchte nicht alles zu sagen, was sie hören wollten. Seit einem Jahr hocke ich hier mit einer einfachen Anklage. Das war unvorstellbar. Ich dachte, sie würden mich hinrichten, wenn sie herausfänden, was ich tatsächlich gemacht habe. Seit dem Tag der Scheiße nennen mich die Wärter und die Verhörbeamten: ›Das religiöse Stinktier‹. Ein Stinktier zu sein, ist an sich kein Drama. Besser, als wenn ich als Leiche enden würde. Oder? Heute ahnte ich nicht, dass sie mich verhören würden. Seit Tagen war ich sowieso nicht auf der Toilette, weil es nichts in meinem Bauch gibt. Wir alle hier sind halb verhungert und abgemagert. Trotzdem half mir mein Hintern wieder. Als sie mich fesselten und bevor sie anfingen, mich zu schlagen, überkam mich unendliche Angst. Ich dachte daran, was geschehen würde, wenn ich alles preisgeben würde und die Wahrheit ans Licht käme? Ich wäre ein toter Mann. Vor Angst habe ich einfach gepupst. Es waren starke, laute Fürze. Und plötzlich riefen alle: ›Verflucht, der ist es wieder! Das religiöse Stinktier. Raus mit ihm!‹ So endete die Folterstunde erneut, bevor sie das Verhör beginnen konnten. Im Ernst, ich zweifle nicht an Gott, ich bin immer ein guter Muslim gewesen, hier aber beginne ich, an die Scheiße zu glauben, sie, die Göttin der guten Taten.«

Wieso wandern meine Gedanken nun wieder zum Gefängnis? Vielleicht, weil ich Samia gestern in meinem Brief – zwischen den Zeilen – davon berichtet habe? Keine Ahnung. Ich will mich jetzt nicht mit Fragen quälen.

Durchs Busfenster schaue ich auf das Mittelmeer. Eigentlich beobachte ich es immer gerne. Heute allerdings kommt es mir langweilig vor. Oft sagte Samia zu mir, wenn wir im Zentrum von Bagdad spazieren gingen und sie den Tigris erblickte, dass sie davon träumt, einmal mit mir am Strand zu liegen und im Meer zu schwimmen, in irgendeinem Meer. Ob wir es jemals schaffen werden, das zu erleben? Ich bezweifle es. Es muss zuerst ein Wunder geschehen, damit wir uns wiedersehen. Und ein weiteres Wunder, damit wir Ruhe, Frieden und genug Geld haben, um reisen zu können wie Touristen. Seit zwei Jahren habe ich keinen Kontakt mehr zu ihr. Vorher haben wir uns fast täglich an der Universität getroffen, wo sie Medizin studierte und ich Vergleichende Literaturwissenschaft. Ich habe wirklich vergessen, wie ihr Gesicht aussieht. Nach Jahren in der Fremde verbleichen die alten Bilder aus der Heimat, und die gewohnten kleinen Dinge im Gedächtnis gehen verloren. So ist es eben. Man denkt und erinnert sich nicht mehr an die schönen Augen oder die wilden Haare der Freundin oder der Ehefrau. Man träumt nur noch von einem Zeichen, ob die Geliebte lebt, gesund ist und nicht alles vergessen hat.

Ich erkenne jetzt das große Postgebäude, das am Anfang der Nasserstraße liegt, und rufe: »Aussteigen bitte, stopp!« Kaum ausgestiegen, sehe ich auf der rechten Seite der Straße das Café Al-Sharq – Der Orient.

Es ist ein alter Bau mit einer grün gestrichenen Tür und einem breiten blauen Fenster. Vier Tische mit ungefähr zwanzig Stühlen und mehreren niedrigen Hockern bilden die Ausstattung. Dem Eingang gegenüber, auf einem einfachen Holztisch, stehen ein großer Fernseher und ein Videorekorder. Die Wandfläche über der Theke wird von einem großen Bildnis von Muammar Gaddafi bedeckt, auf dem dieser ernst in die Kamera blickt. Darunter steht: »Der einzige Adler und der Revolutionsführer«.

Ein braungebrannter schmaler Mann von Anfang zwanzig steht vor mir und sagt, als ich ihn nach Malik frage: »Der da.« Der kräftige Mann vor dem Fernseher raucht Wasserpfeife, trinkt Tee, schreibt dabei etwas in ein vor ihm auf dem Tisch liegendes Heft und schaut gleichzeitig flüchtig einen Bollywood-Film. Er wirkt selbstbewusst. Durch die Macht des Geldes ist er unberechenbar, denke ich.

»Asalam Aleikum. Sind Sie Malik? Ich heiße Salim. Der irakische Friseur Jafer hat Ihnen bestimmt von mir erzählt. Ich habe einen Brief.«

»200 Dollar jetzt, und wenn Sie die Antwort bekommen, weitere 50 Dollar.«

»Ich weiß und bin einverstanden.«

»Haben Sie die Telefonnummer des Empfängers auf dem Briefumschlag notiert?«

»Nein. Meine Familie hat keine Festnetznummer.«

»Na gut, und die Adresse?«

»Hier«, antworte ich und reiche ihm den Brief.

Er betrachtet den Briefumschlag genauer und liest laut: »Absender: Salim Al-Kateb, Bengasi, Libyen. Empfänger: Samia Michael, Joader – Saddam City, Block 58, die Straße gegenüber der Al-Thoura High-School (bitte den Hausmeister der Schule fragen!), Bagdad, Irak.« Er hebt den Kopf und fragt mich genervt: »Das soll eine Adresse sein?«

»Ja.«

»Lassen Sie das Geld hier. Nach Ablauf eines Monats fragen Sie diesen schwarzen sudanesischen Kerl!« Dabei deutet er auf den Kellner. »Er teilt Ihnen dann mit, ob eine Antwort gekommen ist oder nicht. Vergessen Sie beim Gehen nicht, meine Rechnung beim Kellner zu bezahlen!«

»Rechnung?«

»Meine Getränke und die Wasserpfeife. Auf Wiedersehen!«, sagt er, dreht sich um und ruft dann: »Haytham Mursi, komm her!«

Ein älterer Mann, der mit weiteren Männern an einem Tisch sitzt und Karten spielt, eilt herbei.

»Ja, Herr.«

»Wann fährst du heute los nach Kairo?«

»Um 17 Uhr.«

»Nimm diesen Brief und gib ihn zusammen mit den anderen Briefen und Dokumenten in unserem

Partnerbüro Transit in Kairo ab, am besten überreichst du sie dem Büroleiter Majed Munir persönlich!«

»Ja, Herr!«

»Verschwinde jetzt!«

Ich schaue Maliks Gesicht an und fühle eine seltsame Freude in mir aufsteigen. Ja, er ist ganz gewiss ein geldgeiler Typ, ein Geschäftsmann. So benehmen sie sich immer, wie Arschlöcher. Großartig. Meine Hoffnung steigt, dass der Brief tatsächlich in Samias Händen landet.

»Warum stehen Sie immer noch da?«, überrascht mich Malik.

»Nichts. Das Geld!«, antworte ich und lege die 200 Dollar auf den Tisch.

Zweites Kapitel

✽

Haytham Mursi, 54 Jahre alt, Taxifahrer
Freitag, 1. Oktober 1999
Bengasi, Libyen

✽

Noch immer verärgert wegen meines Chefs Malik Gaddaf-A-Dam, stehe ich vor dem Café Der Orient. Vor einigen Minuten war der ziemlich unfreundlich zu mir. Ich weiß überhaupt nicht, weshalb. Ich schufte wie ein Esel für ihn und habe mir nie etwas zuschulden kommen lassen. Habe ich das verdient, von diesem Herrn so behandelt zu werden? Er geht andauernd auf Partys, trinkt viel Alkohol, geht obendrein fremd und lässt seine Frau und seine Kinder ständig allein! Aber ich soll verschwinden? Dabei bin ich um einiges älter als er! Er soll gefälligst Respekt vor meinem Alter und meinen grauen Haaren zeigen. Er springt mit mir um wie mit einem Knecht, und ich soll mich ihm beugen? Nur weil er reich ist und zum Gaddafi-Stamm gehört? Gott ist weit größer als Gaddafi und seine Familie! Mit welchem Recht behandelt er die Menschen wie Sklaven? Ich verfluche die verdammte Not! Ich schwöre bei Gott, wenn die Armut ein Mann wäre, würde ich ihn erbarmungslos töten!

Gott, ich bitte Dich um Verzeihung! Wirklich, ich

sollte versuchen, mich zu beruhigen. Es lohnt nicht, meine Zeit dem ungläubigen Malik zu opfern.

Ich schlucke meine Wut hinunter, setze mich ins Auto, starte den Motor und zünde währenddessen eine Zigarette an. Den neuen Brief lege ich zu den anderen Dokumenten in einen großen Umschlag auf die Ablage vor dem Lenkrad. Ich schalte die Klimaanlage ein und fahre in die Nasserstraße. Sie ist fast menschenleer, ebenso wie die Strandpromenade. Nur einige Taxifahrer lümmeln gelangweilt vor dem mächtigen turmhohen Hotel Tebisty. Wenige Autos und Menschen lassen sich blicken. Die Szenerie erinnert mich an einen Film, den ich mal gesehen habe, in dem sich die Menschen in den Häusern verstecken, während die Leichen anfangen, draußen spazieren zu gehen.

Eigentlich mag ich es, mit dem Auto unterwegs zu sein. In meinem modernen Kombi, den ich seit zwei Jahren fahre, fühle ich mich wie ein König auf seinem Thron. Einmal die Woche eine Fahrt nach Kairo, hin und zurück. Vorher fuhr ich einen anderen Wagen, einen ziemlich alten Renault, mit dem mir öfter Pannen passiert sind. Wie ein Sultan fühlte ich mich in dem alten Karren jedenfalls nicht. Ich bin dankbar, diesen Job zu haben. Ich weiß, dass viele meiner Landsleute in Bengasi, Tripolis und anderen libyschen Städten auf Baustellen, Basaren, in Hotels, Teehäusern oder Cafés arbeiten müssen. Sie bekommen dort sehr wenig Lohn und müssen ständig um ihren Job fürchten. Es gibt hier viele Ausländer, die für irgendeine Arbeitsstelle zu allem bereit sind. Für meine Arbeit muss ich wahrlich dankbar sein. Die meisten Gastarbeiter können nur einmal jährlich ihre Familien besuchen. Ich habe Glück, ich kann meine Frau und meine Kinder wöchentlich sehen.

Ich schalte den Kassettenrekorder ein, will Sufi-Musik hören. Sanft dringen die Klänge in meine Seele ein. Diese Klangwelt hilft mir, die schlechten Gedanken fortzujagen. Seit mittlerweile über vierzig Jahren, seit meiner Jugend, liebe ich sie. Vielleicht wie viele Menschen aus meiner Gegend. Ich komme ursprünglich nicht aus Kairo, sondern aus Tanta, in der die Moschee des großen Mystikers Ahmed Al-Badawi liegt. Unzählige Gläubige, fast Millionen pilgern in jedem Jahr im Oktober dorthin und feiern den Mawlid, den Geburtstag Al-Badawis. Hier verliebte ich mich in die Lieder der vielen Mystiker und Derwische, die um die Moschee herum trommeln, singen und tanzen. Wenn ich mich in meiner Geburtsstadt Tanta befinde, tue ich immer dasselbe: Bevor ich mich auf den Weg mache, um die Moschee zu besuchen, betrete ich zunächst das Bad. Ich öffne den Wasserhahn und bekunde dabei die Absicht, das Gebet zu verrichten. Ich beginne mit dem Wudu, der rituellen Waschung: Ich wasche mein Gesicht, spüle meinen Mund aus, danach wasche ich meine Hände bis hinauf zu den Ellenbogen, streiche mir über den Kopf und säubere schließlich meine Füße. Alsdann stülpe ich mir eine weiße Kappe über, entnehme dem Spiegelschrank eine kleine Flasche Parfüm, träufele zwei Tropfen auf meinen Finger und verreibe sie in meinem hennagefärbten Vollbart. Ich folge dann den vielen Menschen, die in Richtung der Moschee gehen, und schließe die Augen, um einige Meter blind zurückzulegen. In Gedanken rezitiere ich während dieses Gangs bereits einige Verse des Korans. Ich mache die Augen erst wieder auf, wenn ich die magische Sufi-Musik höre, die alles um die Moschee herum umarmt.

Ein kurzer Blick in den Autospiegel auf mein gealtertes Gesicht: Ein weißer Kreis, umrandet von vielen grauen Haaren. Die schwarzen Augen leuchten gleich denen eines Adlers, der gerade sein Nest erspäht. Darin glänzt die Freude, bald die Familie wiederzusehen. Meine schmalen Wangen sind kaum mehr zu erkennen, weil sich mein Bart bis fast unter die schwarzen Augenringe ausgebreitet hat. Ich müsste dringend zum Friseur gehen. Dieser Bart lässt mich um Jahre älter aussehen.

Da vorne sehe ich nun das Schild: »Al-Amel le-Safr – Reisebüro Hoffnung, bequeme und klimatisierte Autos von Bengasi nach Kairo.« Eine Lücke vor dem Laden nutze ich zum Parken. Noch zwei Stunden, bis die Reise beginnt. Genügend Zeit, um schnell Geschenke für die Familie vom Basar der Araber zu besorgen.

Unmittelbar vor dem Basar tobt wie immer der normale Alltag: Lärm von Autos, Schreie der Händler, Musik aus den Cafés und den Musikläden. Gespräche da und dort, Streitereien ...

Der Himmel ist klar und die Sonne brennt. An den Wänden hängen einige Schilder und Plakate: »Falafel Al-Hub – Falafel der Liebe«, »Maqha Al-Hayat –

Café des Lebens«. »Wir verkaufen Kleider und Schuhe.« Und einige Parolen der Regierung: »Das Volk regiert.« »Gaddafi ist der einzige Adler.« »Die Revolutionskomitees sind überall.« »Wer Parteien bildet, ist ein Verräter.«

Ich verlasse den Wagen und schließe die Tür.

Leise steigen die drei Reisenden ein. Die freundliche Stimme eines Mitarbeiters aus dem Reisebüro dringt an mein Ohr: »Tuakel ala Allah – vertraue auf Gott!« Meine Antwort vom Vordersitz: »Ich vertraue auf Gott! Bis bald!«

Stille im Wagen.

Kurz überlege ich, ob ich an alles, was ich besorgen wollte, gedacht habe. Die beiden vergangenen Stunden habe ich auf dem Basar verbracht. Ich habe Geschenke für meine Kinder und Lebensmittel für meine Frau gekauft, um die sie mich gebeten hatte, weil sie in Libyen bezahlbar sind und daheim in Ägypten teurer verkauft werden. Diese Mitbringsel sind im Kofferraum, oder nicht? Bestimmt sind sie da. Ich taste meine hinteren Hosentaschen ab, streiche über meinen Reisepass und den Geldbeutel, anschließend betaste ich die vorderen Hosentaschen und fühle die Hausschlüssel für meine Wohnungen in Kairo und in Bengasi. Alles ist da, ich habe nichts vergessen. Die Dokumente? Liegen vor dem Lenkrad.

Jedes Mal, wenn ich losfahre und auf das Gaspedal trete, befürchte ich, etwas vergessen zu haben. Es folgt immer dieselbe Zeremonie. Immer wieder dieselbe Unsicherheit, und immer wieder habe ich eigentlich an alles gedacht. Trotzdem wiederhole ich die Prozedur jedes Mal aufs Neue, kontrolliere und durchforste mein Gedächtnis. Früher kam mir manchmal plötzlich der Gedanke, ich hätte die Haustür nicht zugesperrt. Einmal war ich bereits außerhalb von Bengasi und kehrte um, weil ich befürchtete, den Gasherd angelassen zu haben. In der Wohnung angekommen, zeigte sich, dass alles in Ordnung war. Es ist immer dasselbe, wenn ich abreisen muss. Irgendwann sollte diese Nervosität aufhören.

Flüchtig beäuge ich die drei Reisenden. Zwei von ihnen dürften Ägypter sein, die lassen sich schnell identifizieren. Dank der unzähligen Passagiere, die ich in meinem Leben transportiert habe, habe ich eine langjährige Erfahrung im Unterscheiden von Nationalitäten gesammelt. Der dritte Passagier muss Iraker oder Palästinenser sein – oder kommt er vielleicht aus Syrien?

Die drei Männer schweigen und schauen durch das Fenster auf Bengasi, als wäre ihnen die Stadt fremd. Menschen füllen zunehmend die Bürgersteige, mehr und mehr Autos die Straßen. In die wieder geöffneten Geschäfte kehrt das Alltagsleben zurück. Jungen und Mädchen flattern wie Möwen in Richtung Mittelmeer. Familien flanieren die Straßen entlang und betrachten die Läden.

»Ich war nie wirklich in Bengasi«, durchbricht der Mann neben mir die Stille. »Immer nur einige Stunden. Dabei bin ich jedes Jahr hier gewesen. Aber eben nur für wenige Stunden. Musste immer gleich weiterfahren. Ich habe es nie geschafft, hier mal mehrere Tage zu bleiben.«

»Wo wohnst du denn?«, frage ich, erfreut, dass einer der Fahrgäste Lust auf eine Plauderei verspürt.

»In Tripolis! Bin heute hier angekommen, nach über tausend Kilometern. Das war eine nicht enden wollende Fahrt. Und jetzt noch einmal tausend Kilometer bis nach Kairo. Aber ich freue mich darauf, bin seit einem Jahr nicht zu Hause gewesen.«

»Was arbeitest du, wenn ich fragen darf?«

»Bin in einem Café am Strand angestellt.« Er dreht sich nach hinten und schaut die beiden anderen Reisenden an: »Seid ihr alle Gastarbeiter? Oder vielleicht Touristen?«

»Ich bin Ägypter, Lehrer in Tarhuna.«

»Ich heiße Najem und stamme aus Syrien. Ich arbeite auf der Baustelle in Mizdah.«

»Und du, Fahrer?«, fragt er mich.

»Mein Name ist Haytham. Bin auch Ägypter.«

»Also, ich bin Said«, meint der Beifahrer. »Meine Arbeit war okay. Nun habe ich gekündigt und kehre heim. Ich will nie wieder nach Libyen. Ich bin kein geborener Kellner. Obwohl ich meinen Job gut gemacht habe, ich verdiente ja gutes Geld. Das brauche ich auch dringend für die Hochzeit mit meiner Cousine, die in Kairo auf mich wartet. Sie studiert im letzten Semester irgendetwas, das ich nicht verstehe. Ich glaube, es heißt Soziali, weiter weiß ich nicht, vergesse diesen Begriff immer wieder.«

»Soziologie?«, korrigiert der Lehrer auf der Rückbank.

»Ja, Allah jnur alik! – Du hast es! Das studiert sie. Danke! Wie heißt du?«

»Mansur.«

»Ja, Monsieur Mansur, ich konnte nicht studieren. Als ältester Sohn meiner Familie musste ich mit zwölf Jahren die Schule verlassen und stattdessen meinem Vater helfen, die Familie zu ernähren. Wir arbeiteten in einer Bäckerei im Abdin-Viertel von Kairo. Wir sind sieben Kinder. Ihr wisst ja, ägyptische Frauen ficken wie die Kaninchen und gebären wie Katzen. Von allem viel und dann massenweise. Ficken und Kinder produzieren. Das ist das Einzige, was die Ägypter richtig gut beherrschen. Zu Hause herrscht unaufhörlich Kinderlärm. Die Wohnung wirkt wie das Reich einer Bienenkönigin. Alles summt und schwärmt. Aber nach einem Jahr im Ausland vermisse ich den Lärm der Kinder und alles dort.«

Er lacht laut und schlägt sich mit der Hand auf den Schenkel. »Ich will meine Cousine heiraten. Vor Jahren haben wir besprochen, dass ich ein Jahr in Tripolis arbeiten und Geld sparen würde, sodass wir uns eine kleine Wohnung in Kairo leisten könnten. Aus diesem Jahr sind inzwischen fünf Jahre geworden. In regelmäßigen Abständen bin ich nach Kairo zurückgekehrt, um zu sehen, was im Land los ist. Jedes Mal habe ich festgestellt, dass alles teurer geworden ist, um dann wieder nach Tripolis zu fahren. Jetzt reicht es mir, ich habe genug und will für immer und ewig in Kairo bleiben. Ich habe vor, mir einen kleinen Karren anzuschaffen und damit Falafel und Ful auf der Straße zu verkaufen. Oder ich besorge mir ein Auto, mit dem ich in Kairo Leute chauffiere und so mein Geld verdiene. Mal schauen! Habe noch mehrere Ideen. Mein libyscher Arbeitgeber wollte, dass ich noch ein weiteres Jahr in Tripolis bleibe. Aber mir reicht es, jahrelang habe ich in diesem Land gearbeitet und musste sogar auf das Fußballspielen verzichten.«

»Was?«, wundere ich mich, und amüsiere mich über den jungen Said neben mir, der pausenlos redet. Von mir aus kann er uns ruhig weiter unterhalten, die ganze lange Fahrt über.

»Ich liebe Fußball. Wollte immer wie Maradona spielen und die ganze Welt mit meinen Bewegungen und meiner Fußballkunst faszinieren. Die Jungs im Viertel nennen mich aber Pelé, wie den Brasilianer. Ich sehe aus wie er in seinen jungen Jahren, findet ihr nicht? Also, ich bin ein berühmter Fußballer, wenn auch nur in meinen Träumen. Leider bekam ich frühzeitig Probleme mit meinem Knie. Seitdem darf ich nicht mehr viel rennen und auch keine schweren Dinge tragen. Der Unfall geschah, als ich in einer Bäckerei arbeitete. Ich musste jeden Tag ein Holzbrett voller Brotfladen auf dem Kopf schleppen und die Fladen an viele Restaurants und Wohnhäuser im Viertel ausliefern. Eines unglücklichen Tages raste plötzlich eine saustarke, heiße, schnelle Limousine auf mich zu und erfasste mich. Anfangs spürte ich nichts, wusste nicht, was los war, weil ich bewusstlos am Boden lag. Erst Stunden später bin ich im Krankenhaus aufgewacht. Das Arschloch war mit seinem teuren Wagen geflohen. Bis zum heutigen Tage weiß ich nicht, wer mich umgefahren hat. Aber immerhin war es eine Limousine, die mich erwischte. Allemal besser als ein Fiat oder Volkswagen, oder? Und die Tatsache, dass der kleine Said zwischen meinen Beinen immer noch vorhanden und hervorragend funktionsfähig ist, erscheint mir wirklich wichtiger als das kaputte Knie.«

»Du bist amüsanter als Kino! Gute Besserung für dich und den bestmöglichen Erfolg für den kleinen Said«, wünsche ich ihm lächelnd. »Und was hat dein Knie mit dem Fußball in Libyen zu tun? Das habe ich noch nicht verstanden!«

»Das Beste kommt noch. Nur weil ich nicht Fußball spielen kann, heißt das nicht, dass ich Fußball nicht mag. Das nennt sich Logik, oder, Monsieur Mansur?« Er dreht sich um und schaut den Lehrer freundlich an. Dieser nickt lächelnd mit dem Kopf, kurbelt das Fenster runter und zündet sich eine Zigarette an.

»Aber Moment! Ihr seid alle nur Gastarbeiter und keine Maulwürfe, hoffe ich. Für mich seht ihr harmlos und ehrlich aus, und ich glaube, ihr habt mehr Angst vor Spionen als ich. Stimmt's?«

Wir lächeln, und der Lehrer sagt: »In der Fremde sind wir alle Fremde. Der berühmte Poet Amru-Al-Qais dichtete einmal: ›Jeder Fremde ist für die anderen Fremden ein Verwandter.‹ Es gibt hier im Auto keinen Libyer. Wir fahren alle nach Hause. Keiner kennt den anderen! Glaubst du wirklich, dass ein Spion mit Gastarbeitern einen so langen Weg fahren würde, nur um zu erfahren, wie sie über das Gastland lästern?«

»Los, Said! Es gibt keine Gründe, dir Sorgen zu machen! Fühl dich frei!«, sage ich und freue mich über das spannende Gespräch.

»Das ist es, ja. Also, ich glaube, um etwas in Libyen begreifen zu können, muss man in den Kopfstand gehen. Alles ist hier umgedreht. Sogar die Zigaretten heißen: Al-Riadhy – Der Sportler. Wenn man die raucht, wird man niemals Sport treiben können. Der Tabak ist so stark, dass man sich nach dem Genuss von nur einer Zigarette nicht mehr bewegen kann. Also, als ich das erste Mal hier ankam, wusste ich nicht, dass Fußball so ein riesiges Problem in Libyen ist. Gaddafi sagte einmal, dass Fußball aus dem Westen kommt. Perialia, sagt man, glaube ich?« Er dreht sich abermals um und schaut den Lehrer fragend an.

»Ein imperialistisches Spiel«, korrigiert Mansur.

»Ja, du sagst es, Monsieur Mansur! Diese Perialia war das Problem. Man darf in Libyen zwar Fußball spielen, aber auf eine andere Art. Nicht wie bei uns oder sonstwo in der Welt. Das habe ich einmal auf dem Sportplatz erlebt. Ihr werdet es nicht glauben! Der Stadionsprecher nannte die Namen der Fußballer nicht. Das gesamte Spiel über rief er nur die Trikotfarbe und die darauf gedruckte Nummer. Das hörte sich dann folgendermaßen an: Gelb-vier läuft zur Mittellinie und flankt einen Pass zu Gelb-acht. Rot-sieben fängt den Ball ab und leitet ihn weiter zu Rot-neun. Und so weiter. Ein Witz! Einer der libyschen Jungs, die mich ins Stadion mitnahmen, war vom Revolutionskomitee und erklärte mir, das wäre alles in Ordnung. Fußball sollten alle genießen, die Zuschauer genauso wie die Fußballspieler. Wenn die Namen der Fußballer ständig genannt würden, verschwänden die namenlosen Zuschauer und wären somit nicht mehr am Spiel beteiligt. Auf einem Fußballfeld gäbe es keine Helden und müssten auch keine Helden geschaffen werden. Das sei nur ein Spiel und müsse ein solches bleiben. Das Mitglied des Revolutionskomitees redete noch eine Menge mehr, was ich nicht verstand und irgendwann auch nicht mehr verstehen wollte. Seitdem habe ich nie wieder ein libysches Stadion betreten.«

»Das hat sich inzwischen geändert, oder? Gaddafis Sohn spielt ja Fußball«, kommentiert Mansur.

»Hier ändert sich andauernd etwas. Ja, einer seiner Söhne will Fußballer werden. Seinetwegen hat man ein neues Gesetz beschlossen. Mit einem Mal ist es gestattet, die Namen zu nennen. Es wäre doch undenkbar, den Sohn des Führers nur als Nummer und Farbe zu bezeichnen, oder?«

»Gott, rette dieses Land!«, murmele ich.

»Dieser Fußballersohn von Gaddafi soll aber harmlos sein«, mischt sich jetzt auch der syrische Fahrgast Najem in die Unterhaltung ein. »Ein anderer, jüngerer Sohn von Gaddafi soll der gefährlichere Mann sein. Sein Vater will ihn als Nachfolger installieren!«

»Allah jnur alik! Du triffst den Nagel auf den Kopf!«

»Mein Gott, in was für drolligen Ländern leben wir?«, fährt Najem fort. »Hier spielt der Sohn des Führers Fußball mit dem Volk, wie er will, und die Ergebnisse werden schon mal entsprechend angepasst. Bei euch in Ägypten ist es nicht viel anders. Bei uns in

Damaskus ist der Präsidentensohn Baschar schon fast an der Macht. Sein Vater Al-Assad ist sterbenskrank und wird bestimmt bald tot sein. Möge Gott ihn am Ort der Verdammnis grillen! Wie soll man diese Regimes nennen? Familien-Republiken oder Erbdemokratien?«

Der etwa dreißigjährige Syrer spricht kraftvoll, ernst und ist ziemlich wütend. Aus einem Etui zieht er eine Zigarette und zündet sie an. »Ich erzähle euch auch eine Geschichte.«

»Gern! Leg los!«, erwidere ich fröhlich.

»Seit Jahren arbeite ich in Mizdha. Eine Stadt, die den Begriff Stadt nicht verdient, wie viele Städte in Libyen. Das Zentrum besteht aus einer einzigen Straße mit einigen Cafés, Imbissbuden, Lebensmittelgeschäften und anderen Läden. Mittendrin steht das Regierungsgebäude, sechs oder sieben Stockwerke hoch. Darin sind alle Behörden untergebracht, von der Post bis zur Sicherheitspolizei. Das war's. Das ist die Stadt. Sonst gibt es nur noch Wohnhäuser und die leere gelbe Erde.«

»Die Stadt Tarhona, wo ich arbeite, sieht genauso aus. Dort gibt es aber immerhin Bäume und eine schöne Landschaft drumherum«, sagt Mansur.

»Baum ist in Mizdha ein Fremdwort. Da gibt es nur Sand und Staub. In derselben Woche, in der Gaddafi entschied, Libyen sei nun ein afrikanisches Land und kein arabisches mehr, bekam ich eine Aufgabe, die mit der Baustelle nichts zu tun hatte, sondern mit Parolen. Der Leiter der Baustelle, der auch Syrer war, kam bei uns in der Wohnung vorbei. Um sechs Uhr morgens. Wir waren seine Arbeiter, zwei Syrer und ein Iraker. Er sagte, für diesen Tag gäbe es einen lohnenden Auftrag und wir sollten uns beeilen. Werkzeug sei unnötig. Neben ihm standen zwei bewaffnete Männer von den Arschlöchern des Revolutionskomitees, die ständig den einen Satz wiederholten: Schnell, Männer, bewegt euch!«

»Spannend!«, sagt Said.

»Wir bestiegen das Auto zusammen mit den Bewaffneten. Ich hatte Angst, ich weiß, was es bedeutet, sich mit Bewaffneten der Regierung in einem Auto zu befinden. Man steigt nicht ins Auto, sondern ins Nichts, betritt ein Niemandsland. Das kenne ich aus Syrien. Mein Bruder setzte sich einmal in ein solches Auto und ist bis heute nicht wieder aufgetaucht. Wir haben nie erfahren, wohin man ihn gebracht hat. Na ja, so schlimm war es bei mir nicht. Sie befahlen uns, von den Wänden der Hauptstraße alle Plakate, auf denen das Wort ›arabisch‹ stand, zu entfernen, einzusammeln und anschließend am Stadtrand zu verbrennen. Den ganzen Tag waren wir damit beschäftigt, solche Parolen herunterzureißen. Sie zu vernichten, war ein herrliches Gefühl. Ich habe immer diese Phrasen gehasst, sie begegnen uns ja ständig und überall: arabische Einheit, arabische Nation, arabische Revolution, arabische Tomate und Falafel des Nationalismus. An jenem Tag träumte ich davon, das Gleiche in meiner Heimatstadt Damaskus zu machen. Das wäre wundervoll. Nur zu übertreffen dadurch, dass diese Arschlöcher in Syrien ihre Macht verlieren. Mein Bruder verschwand spurlos, weil er einen falschen Satz auf ein solches Plakat schrieb. Im letzten Jahr verbreitete sich überall in Syrien ein Plakat: zwei Fotos von Al-Assad und seinem Sohn Baschar, worunter geschrieben stand: ›Dieses Junge von diesem Löwen.‹ Mein Bruder schrieb daneben: ›Dieses Bellen von diesem Hund.‹ Noch am selben Tag entdeckten und verhafteten sie ihn. Bei uns gibt es bekanntlich zwei Völker, auf der einen Seite das syrische und auf der anderen die Sicherheitspolizei mit den verräterischen Maulwürfen. Mein Bruder ist noch ein Kind. Sechzehn Jahre alt!«

»Es gibt weder Macht noch Kraft außer bei Allah! Gott bringt ihn heil zu euch zurück, Gott ist größer als diese erbärmlichen Verbrecher!«, sage ich.

»Wisst ihr, was ich an diesem Tag der Afrikanisierung Libyens komisch und zugleich mysteriös fand?«

»Was?«, frage ich.

»Das erste Mal in meinem Leben sah ich ein Volk, das schwieg, nicht mehr reden konnte, weil es keine Worte mehr fand, die es aussprechen konnte. Ein stilles, stummes Volk. Einen ganzen Tag lang schwieg ein Land. Ich beobachtete die Leute, sie sagten nichts. Wie verhext gingen sie umher, fassungs- und sprachlos, wie Zombies. Was sollten sie auch sagen? Über dreißig Jahre lang mussten sie die Ideen Gaddafis vom arabischen Nationalismus nachplappern. Sie sprachen ihr bisheriges Leben lang nur von der arabischen Nation und Ideologie, von der Idee der arabischen Einheit, von Palästina und dem Irak, von der Arabisierung Nordafrikas und von arabischer Stärke und Weltmacht. Und plötzlich mussten sie Afrikaner werden und über afrikanische Einheit, afrikanische Kartoffeln, afrikanische Bohnen und afrikanische Weltmacht reden. Wie kann ein Volk an einem einzigen Tag all seine Überzeugungen komplett über Bord werfen und eine neue Ideologie übernehmen? Also wurde das Volk plötzlich stumm.«

»Ich finde das eigentlich lustig«, steuert Said bei.

»Lustig trifft es leider nicht, lieber Said. Auch ich erinnere mich an jenen Tag«, entgegnet Mansur. »Man wies uns an, die propagandistischen ersten Seiten aus allen Schulbüchern zu entfernen, weil immer irgendeine arabische Parole darin vorkam. Dann gab es einen neuen Sozialkunde-Unterricht. Plötzlich musste man über Dinge reden, die keiner verstand. Ich erlebte aber noch etwas Schlimmeres.«

»Kennt ihr keine Witze? Es ist genug jetzt mit dem Quatsch von Gaddafi, oder?«, meckere ich.

»Diese Geschichte ist ein wahrer Witz«, behauptet Mansur.

»Na, dann los!«

»Einmal, im letzten Jahr, kamen etliche Männer vom Revolutionskomitee, einige Polizisten und ein Militärgeneral in unsere Schule. Diese Typen trieben uns Lehrer im Büro des Schuldirektors zusammen und verlangten, dass alle, Schüler wie Lehrer, sich auf dem Schulhof versammeln und dort ein Loch schaufeln sollten, mitten auf dem Hof. Ihre Vorgabe für dieses Loch war zwei Meter Breite und Länge. Der General verkündete feierlich, dies wäre ein historischer Moment für uns alle. Alsdann verließen sie uns wieder und hinterließen uns nur einen bewaffneten Polizisten, der vor dem Loch auf- und abging und nicht mit uns reden wollte. In diesem Wirrwarr verstanden wir lediglich, dass am selben Nachmittag hoher Besuch erscheinen sollte. Bis dahin durfte keiner die Schule verlassen.«

»Planten sie, eine Leiche ins Loch zu werfen, oder was?«, fragt Said.

Mansur antwortet nicht, sondern erzählt weiter: »Eine Stunde verging und keiner kam. Ich hoffte inständig, sie mögen hier niemanden einsargen. Es schien, als ob das Loch wirklich für eine Leiche gedacht war. Drei Stunden vergingen, als ein Lastwagen auf den Schulhof fuhr und einige Männer ausstiegen, wiederum regierungstreue Willfährige. Vor dem Haupttor der Schule sammelten sich mehrere Lastwagen, Polizeiautos und Jeeps des Revolutionskomitees. Zwei Polizisten kletterten aus dem Lastwagen im Schulhof. Sie schleppten eine Steinplatte von etwa einem Quadratmeter. Viele identische Steine befanden sich noch im Laderaum. Ein Polizist forderte uns schließlich auf, den Stein zu übernehmen und in das Loch zu legen, um ihn anschließend mit Erde zuzuschaufeln! Wisst ihr, was das für ein Stein war?«

Alle schweigen und starren Mansur an, auch ich drehe am Rückspiegel, um ihn besser sehen zu können.

»Ein Namenszug in arabischer und lateinischer Schrift stand auf dem Stein: ›Der Führer Muammar Gaddafi.‹ Später erfuhr ich, dass an diesem Tag alle Schüler und Lehrer in ganz Libyen dasselbe tun mussten: ein Loch im Schulhof schaufeln und einen solchen Stein beerdigen.«

»Welchen Sinn macht denn das?«, fragt Najem.

»Wenn ein dritter Weltkrieg viele Menschenleben auslöscht, sollen die Überlebenden erfahren, dass auf dieser Erde ein überragender Führer existierte, dessen Name Gaddafi war.«

»Gott, ich bitte Dich um Gnade! Ich will nichts mehr hören«, sage ich und zünde mir eine weitere Zigarette an. »Ich werde jetzt Sufi-Musik spielen.«

Die Scheinwerferlichter des Grenzpostens geistern einem Ungeheuer gleich über die Grenzstation. Die leere Fläche der Wüste giert mächtig und gewaltig, wie ein gefährliches Tier aus Licht und Schatten auf dem Sprung. Hier verspüre ich oft eine schleichende Angst: vor dem Grenzposten, vor den Polizisten und sogar vor dem Ein- und Ausreisestempel. Obwohl ich mit dieser Grenze vertraut bin und sogar einige Polizisten beim Namen nennen kann, kann ich diese Furcht nicht abstreifen. Immer wieder wächst in mir die gleiche Unruhe, unendlich wie die Wüste und so mächtig wie der Grenzposten selbst.

Vermutlich verstärken sich diese Gefühle, wenn ich sehe, wie misstrauisch die Fahrgäste sind, wenn sie die Polizisten erblicken. Die Libyer haben jedoch kein Problem mit Gastarbeitern, wenn diese nichts Verbotenes dabeihaben. Und ich habe weder verbotene Bücher noch Waffen.

Ich kann gerade nicht viel erkennen, da ist nur das

große Schild: »Große Sozialistische Libysch-Arabische Volks-Dschamahirija: Imsaad-Grenze…« Um uns herum ist nichts als das gelbe Tuch der Wüste. Und dieses künstliche Ding, genannt »Grenze«, vor dem sich alle fürchten. Ich fahre sehr langsam.

»Gebt mir bitte eure Pässe!«, fordere ich meine Fahrgäste auf. Sie haben sie bereits griffbereit und reichen sie mir, horchen in die Stille und beobachten die Umgebung.

»Nicht viel los«, bemerkt Said und schweigt wieder.

Ich rolle langsam an die Grenze und erreiche endlich den Posten. Ich mache Licht und öffne das Fenster.

»Eure Pässe! Parkt auf der linken Seite und kommt alle sofort ins Büro!«, fordert ein junger Polizist.

Ich gebe ihm die Dokumente, fahre nach links und stelle den Wagen ab. »Okay, wir müssen jetzt ins Büro. Keine Sorge! Alles nur Routine«, sage ich. In Windeseile steigen die drei Männer aus.

Den Kombi habe ich vor einer Wand geparkt, rechts und links von ihm stehen weitere Autos. Dahinter gibt es nur die Straße. Auf dem gegenüberliegenden Bürgersteig hängt ein großes Gaddafi-Bildnis mit der Aufschrift: »Der einzige Adler und der König der afrikanischen Könige.« An der Mauer auf der linken Seite steht: »Die Revolutionskomitees sind überall.« Auf der rechten Seite an einer Tür: »Grenzposten. Passkontrolle…« Einige Stimmen da und dort.

Dann steige auch ich aus. Nachdem ich die üblichen Formalitäten erledigt habe, kehre ich zu meinem Kombi zurück, fahre einige Meter weiter und halte wieder an. Meine drei Mitfahrer lassen auf sich warten. Ich zünde mir eine Zigarette an, öffne die Tür und beobachte das Gebäude, in dem die drei verschwunden sind. Nach einigen Minuten taucht Said lächelnd auf, gefolgt von Mansur.

»Alles in Ordnung?«, frage ich. »Wo ist der Syrer?«

»Keine Ahnung«, antwortet Said.

»Noch haben wir die Zollbeamten vor uns. Hoffentlich überleben wir diese Nacht!«, scherze ich. »Danach geht's weiter zur ägyptischen Grenze! Nicht zu übersehen steht dort ein Schild: Arabische Ägyptische Republik: Grenzposten As-Sallum. Daneben ein riesiges Porträt von Präsident Hosni Mubarak, auf dem er ganz sanft blickt und grinst. Also, verabschiedet euch bitte: tschüß Gaddafi!«

Die beiden Männer lächeln.

Ich greife nach dem großen Umschlag auf der Lenkradablage, gehe zum Kofferraum, öffne ihn, öffne den Reißverschluss meines Koffers, stecke den Umschlag hinein und schließe alles wieder. Meine übliche Prozedur, bevor ich die ägyptische Grenze erreiche. Seit drei Jahren gibt mir mein Chef Malik solche Arbeitsunterlagen mit und erwartet, dass ich sie im Transit-Reisebüro in Kairo dem charmanten und sympathischen Büroleiter Majed Munir gebe. »Die Grenzpolizei untersucht Papiere und Bücher übergründlich. Versteck die Unterlagen gut!«, rät er mir oft.

Flüchtig schiele ich zur Tür des Grenzpostens und erblicke den Syrer Najem. Er steht jetzt schon draußen. Mit zwei Polizisten? Oh Gott, der lässt sich widerstandslos in Handschellen legen. Wieso? Was hat er angestellt? Die beiden Beamten helfen ihm, in den Polizeiwagen einzusteigen. Das Auto fährt ab. Gott, Deine Gnade!

Ich schließe den Kofferraum.

Drittes Kapitel

✶

Majed Munir, 41 Jahre alt, Reisebüroleiter
Sonntag, 3. Oktober 1999
Kairo, Ägypten

✶

Bei dieser höllischen Hitze rosten die Schrauben im Kopf, und ausgerechnet jetzt streikt dieser blöde Ventilator. In meinem Büro kann man es nicht mehr aushalten, ich muss sofort raus hier. Ich öffne den Schrank links vom Schreibtisch, nehme die Plastiktüte heraus, in der die neuen Briefe sind, die mir heute von meinem Partner-Reisebüro Al-Amel aus Bengasi übergeben wurden, und verlasse das überhitzte Arbeitszimmer. Draußen vor der Tür geselle ich mich zu meinem Mitarbeiter Marzouk, der dort auf einem Stuhl kauert und die Passanten beobachtet.

»Wann fährt der Bus nach Amman?«

»Ab 17 Uhr, Herr.«

»Tausendmal sagte ich dir, dass du mich nicht Herr nennen sollst. Ich heiße Majed.«

»Ja, Majed!«

»Also, von wo fährt der Bus?!«

»Talaat-Harb-Straße. Superjet Lines. Das Arabische-Allianz-Reisebüro.«

»Ruf bitte den Busfahrer an und sag ihm, er soll

auf mich warten! Ich werde ihn heute dort aufsuchen. Und wenn hier jemand nach mir fragt, bis 16 Uhr sitze ich im Café Phönix.«

»Ja, Herr.«

Ich schaue dem jungen Marzouk in seine glutvollen Augen und muss lächeln, weil er mich erneut als Herr anredet. »Du bist unbelehrbar!«, sage ich ihm, drehe mich um und gehe weiter die Ramsesstraße entlang.

Soll ich über den Ramses-Platz? Ich hasse das Gedränge der vielen Busse und Menschen hier und den Geruch der billigen Fast-Food-Imbisse. Am besten mache ich einen Bogen um den Platz herum und gehe dann auf die Faggala-Straße, genau auf der Höhe, wo die Buchhandlungen, Schreibwarenläden und das Café Phönix liegen.

Schon seit fast sechs Wochen besuche ich dieses Café nicht mehr. Früher, bevor mein Freund Walid Mahfouz, der Besitzer des Cafés, starb, verbrachte ich dort häufig meine Freizeit. Jetzt, wo ich wieder hier bin, überkommt mich eine bodenlose Traurigkeit, ich will aber keine Tränen vergießen und nicht länger daran denken, weder an Walid noch an all die Geschichten, die ich hier erlebt habe. Was zwang mich überhaupt, jetzt wieder hier aufzutauchen? Will ich mich mit Walids Geist unterhalten, oder was? Ich könnte mich doch stattdessen in irgendein anderes der vielen Cafés in dieser Gegend setzen? So schnell der Gedanke kam, so schnell ist er vergessen, ich gehe ins Café Phönix und steuere einen der Tische an.

Auf dem Weg dorthin bemühe ich mich zuallererst zu vermeiden, das einzige Bild, welches an der Wand hängt, anzublicken. Doch das gelingt mir nicht lange, da es über der Theke direkt mir gegenüber angebracht ist. Das tatsächlich immer noch existente Schwarz-Weiß-Foto ist fast genauso alt wie dieser Laden. Es zeigt das Ehepaar, Walid und seine Frau Jamila, als sie ungefähr dreißig Jahre alt waren. Ein seltsames Gefühl, dieses Bild nach Walids Tod wiederzusehen.

Die Witwe und jetzige Besitzerin des Cafés, Jamila Al-Jemal, wirkt sehr beschäftigt. Gern würde ich sie begrüßen, wage es aber nicht. Vor vielen Jahren, als mein Freund Walid sich an sie heranmachte, war sie noch ein junges Mädchen. Vor dem Basar, in der Gegend der Al-Hussein-Moschee, begegneten sich die beiden das erste Mal. Walid und ich waren damals unterwegs, um Kleidung zu kaufen. Plötzlich erspähte er die hübsche Jamila und war sofort für sie entflammt, sprach sie sogleich an. Was sagte er zu ihr? Das wollten beide nie erzählen. Seit jenem Basartag blieben sie zusammen. Jamila behauptete, Walids Besonderheit bestand darin, dass er sie an diesem Tag zum Lachen brachte. Nun bedeckt ein schwarzer Schleier ihren Kopf. Meine Erinnerung weckt Bilder von ihren wunderschönen schwarzen Haaren, über die Walid damals Gedichte schrieb.

Der Kellner taucht vor mir auf und fragt: »Was wünschen Sie?«

»Tee und Wasserpfeife.«

Er nickt. »Sofort!«

Dass mein Freund nicht mehr unter den Lebenden weilt, will ich nicht begreifen. Er starb vor sechs Wochen, möglicherweise an einer Lungenentzündung. Ich sage »möglicherweise«, weil ich an diese Todesursache nicht glaube. Ich vermute, dass die Sicherheitspolizei ihn tötete. Zwei Wochen vor seinem Tod nahmen sie ihn fest. Warum, weiß niemand. Vier Tage blieb er im Kerker. Nach seiner Entlassung war er nur noch krank. Was wollten die Polizisten von ihm? Was taten sie ihm dort an? Und warum war er danach so krank? Niemand fand Antworten auf diese Fragen, und Walid selbst wollte darüber nicht reden, er schwieg. Dreimal besuchte ich meinen Freund im Krankenhaus. Die beiden ersten Male schlief er. Beim dritten Mal traf ich ihn nicht an, das Zimmer war leer. Er wollte mich nicht sehen. Bis heute weiß ich nicht, warum. Dann war er plötzlich tot.

Ganz genau erinnere ich mich an Jamilas Worte, die sie am Tag des Begräbnisses vor seinem Sarg an die Anwesenden richtete: »Die Sicherheitspolizei hat meinen Mann nicht ermordet. Die Zigaretten, James Joyce und die alten Araber haben ihn umgebracht. Das meine ich ernst. Sie allein sind verantwortlich für seinen Tod, die wahren Mörder meines Mannes.«

Obwohl ich damals unsagbar traurig war, musste ich trotzdem lächeln, weil ich wusste, dass mein Walid darüber ebenso lachen könnte. Derartige Kommentare mochte er und bewunderte Jamila dafür. »Jamila besitzt eine einmalige Fähigkeit«, sagte er einst. »Sie ist eine Metzgerin. Lässt niemanden in Ruhe, selbst mich nicht. Alle werden von ihr aufgehängt und zerteilt. Ihre Zunge ist so scharf wie die Messer eines Metzgers und gnadenlos. Ihre liebste Beschäftigung besteht darin, sich über das Leben der anderen genau zu informieren und darüber zu plaudern und zu lästern.«

Jamila redete am Tag der Beerdigung noch weiter: »Walid rauchte fast drei Schachteln Gitanes täglich. Das ist viel zu viel. Das tötet sogar einen ausgewachsenen Elefanten. Er arbeitete fleißig, las oder schrieb jeden Tag, sogar am Wochenende. Aber lediglich ein Buch sollte veröffentlicht werden, und er stoppte dessen Auslieferung durch den Verlag. Er musste dem Verleger einen Haufen Geld zahlen, damit dieser das Buch einstampfte. Er übernahm alle Druckkosten und zahlte nur drauf. Natürlich alles aus meinem Portemonnaie. Er arbeitete nicht richtig. Die Schreiberei bringt kein Geld. Sein eigentlicher Job war im Café. Damals lag er mir in den Ohren, er habe das Buch vernichten müssen, weil er ein besseres Werk schreiben wollte. Und ›Eile ist eine Tat des Teufels‹. Diesen Satz, von dem er behauptete, es sei eine arabische Weisheit, zitierte er oft. Keine Ahnung, wo er das gelesen haben will. Aber diese Weisheit hat ihn umgebracht, denke ich. Er glaubte fest an sie. Das Leben wartet aber nicht auf uns, sondern man muss darauf zugehen. Mein Mann wartete lange auf sein perfektes Werk. Und es kam einfach nicht. Er schrieb und schrieb, ein Buch nach dem anderen, und am Ende landeten sie alle im Feuer. Vielleicht hat ihn auch James Joyce ermordet? Vor einem Jahr schrieb ein Journalist über ihn in der

Zeitung: ›Walid Mahfouz leidet an der James-Joyce-Krankheit, die ihn mitsamt der arabischen Weisheit und den Gitanes irgendwann umbringen wird.‹ Genau das geschah. Er wollte immer eine neue Odyssee schaffen, wie der irre Ire James Joyce, und damit in der Literatur ein neues Zeitalter einläuten. Doch der Erfolg blieb aus, Walid, der große Autor ohne Buch. Glaubte er nicht, dass er vorher sterben könnte? Viele seiner Freunde, die über keine seiner Fähigkeiten verfügen, haben sich einen großen Namen gemacht. Er nicht. Unbekannt ist er in Kairo geboren und unbekannt in Kairo gestorben.«

Jamila schwieg. Dann weinte sie: »Du Arschloch, du lässt mich allein? Wirklich?« Danach sagte sie nichts mehr, schwieg einfach, bis das Begräbnis zu Ende war. Seitdem habe ich sie nicht wieder gesehen, auch weil ich nie mehr in das Café gehen wollte. Konnte es mir nicht vorstellen, dort zu sein, ohne Walid, meinen besten Freund.

Walid, der unbekannte Schriftsteller, unter den Literaten eine kleine Berühmtheit. Viele Kairoer Autoren kannten ihn, weil er immer dabei war, wenn sie diskutierten oder etwas unternahmen. Oft fanden die Begegnungen in seinem Café Phönix statt. Ein Künstlerhaus, zu Recht konnte man Walids Café früher so nennen, weil seine Gäste hauptsächlich Künstler, Autoren und Journalisten waren.

In den letzten Jahren veränderte sich die Kundschaft merklich. Viele Jungs und Mädchen hingen herum, die den Schlauch der Wasserpfeife nicht richtig halten konnten. Genau wie in den Klischees über

Kairo oder andere große arabische Städte in einem Hollywoodfilm.

Und Walid? Was bleibt von ihm? Eine neue Odyssee in irgendeinem Versteck? Vielleicht nur das Foto an der Wand? Ich schaue es genauer an. Leicht bekommt man den Eindruck, Walid sei nur ein Schatten oder ein Geist. Sein rundes Gesicht ist erkennbar, doch zugleich unscharf und von einem Dreitagebart umrahmt. Er ist unglaublich dünn, schmaler als jede Vogelscheuche, in einem schwarzen Anzug. Obwohl Jamila mit ihrem zärtlichen Lächeln klar erkennbar ist, steht er an ihrer Seite wie im Nebel, fast schemenhaft. Eine brennende Zigarette schimmert in seiner linken Hand, Rauch umhüllt seine Umrisse. Wenn ich das Bild weiter intensiv betrachte, scheint mir, als würden Nebel, Rauch und Wolken wie die Elemente Wasser, Feuer, Luft über Walid herrschen und sich mit dem Sand der Erde zu seinen Füßen vereinen. Alles verwirbelt und erhebt sich zu einem unsichtbaren Gewitter, das über seinen Schultern emporsteigt.

Walid und ich stammen aus demselben armen Viertel Bab El-Sharia in Kairo. Er wollte immer Schriftsteller werden, und ich Unternehmer. Sein Glück, dass Jamila Geld von ihrem Vater erbte, dass sie dieses Café eröffnen und davon gut leben konnten. Ich dagegen musste – nach meinem Studium der Betriebswirtschaftslehre – jahrelang, fast ein ganzes Jahrzehnt, in Saudi-Arabien arbeiten. Ich sparte Geld, kehrte endlich nach Kairo zurück, heiratete und eröffnete mein Reisebüro. Mein Interesse gilt hauptsächlich der Arbeit, ich bin ziemlich das Gegenteil von

Walid. Im Gegensatz zu ihm blättere ich höchstens mal in der Zeitung. Die Literatur kannte ich nur über meinen Freund, der ein richtiger Bücherwurm war. Und diese Welt der Literatur, die er vor mir ausbreitete, kam mir wie ein Märchen vor. Walid war für mich wie eine Brücke zwischen zwei verschiedenen Welten. Er erzählte mir Geschichten über Autoren, redete über Liebe, berichtete von neuen Büchern, auch von neuen politischen Entwicklungen, und las mir manchmal Gedichte vor. Das liebte ich an ihm, gleichzeitig war ich verwundert, dass er nichts anderes im Leben wollte als Liebe und Literatur.

Der Kellner bringt endlich meine Bestellung. Ich rauche, trinke den Tee und blicke zur Wanduhr. Ich muss lächeln, weil sie wie üblich die falsche Uhrzeit anzeigt. Sie zeigt immer 17 Uhr. Ich schaue auf meine Armbanduhr: 13.20 Uhr. Die Wanduhr ist sehr alt, der hölzerne Kuckuck öffnet zu jeder Stunde pünktlich seine kleine Tür, taucht aus seinem Nistkasten auf und ruft: »Kuck.« Dann kehrt er zurück, schließt die Tür, öffnet sie wieder, guckt heraus und: »Kuck.« Er guckt und tut dies immer genau sieben Mal. Ob es 13 oder 23 Uhr ist, scheint dem Holzvogel dabei völlig egal. »Sieben Mal, als wolle er die sieben Schöpfungstage für immer und ewig wiederholen«, meinte Walid einmal.

Über jeden Gegenstand in diesem Café gibt es eine Bemerkung von Walid, die mir im Gedächtnis geblieben ist. Nun merke ich, dass ein wohlklingendes Lied im Radio läuft. Die sanfte verliebte Stimme von Asmahan dringt melancholisch an mein Ohr:

O Geliebter, komm und sieh,
was mit mir passiert ist,
weil du so weit fort bist...

Das alte Radio steht wie früher auf dem Fensterbrett. Es besteht nur aus einer Holzkiste mit zwei großen runden Drehknöpfen und einer silbernen Antenne. Walid das Chaos, so nannten ihn manche, hatte einmal gesagt: »Dieser Radioapparat ist richtig alt, uralt. Möglich, dass schon der Prophet Jona über dieses Gerät die Nachrichten hörte, als er im Bauch des Wals ausharrte. Vielleicht haben es auch die alten Griechen gebaut, um die Neuigkeiten zu hören, während sie sich im Bauch des Trojanischen Pferdes versteckten. In diesem stinkenden ekelhaften Pferd muss es bestimmt sehr langweilig gewesen sein...«

Asmahan singt immer noch dasselbe Lied:
Ich habe keinen Vater,
keine Mutter und keinen Onkel,
ich kann mich bei ihnen über das Feuer deiner Liebe
nicht beschweren.

Hat die bezaubernde Asmahan das Lied für die hübsche Jamila gesungen? Jamila ist ein passender Name für die Witwe meines Freundes, weil sie wirklich *jamila* – schön – ist. Schwarze Augenbrauen über braunen Augen, so groß wie die einer Gazelle, schmale Nase gleich einer antiken Skulptur, die Hautfarbe leuchtet wie die Schattierung der Erde in der Sonne, rosige Lippen. Und ihr Lächeln! Sie lacht so gern, bekommt manchmal Lachanfälle, lässt sich auf einen Stuhl fallen, stampft mit den Füßen auf den Boden, haut mit den Fäusten auf den Tisch oder schlägt sich mit den Handflächen auf die Oberschenkel und zittert am ganzen Leib, wie ein Fisch, der gerade aus dem Wasser geangelt wird. Nach Minuten hört sie dann auf, legt die Hand aufs Herz und sagt: »Gott sei Dank, ich lebe noch!«

Jamila soll griechische Vorfahren in Alexandria gehabt haben, in der »Braut des Mittelmeers«. Ihre Großmutter, die ursprünglich aus Kreta stammte, der »Perle des Mittelmeers«, wie die Araber diese Insel bezeichnen, lebte am Anfang des 20. Jahrhunderts in Alexandria, wie viele Griechen damals. Sie verliebte sich in einen ägyptischen Bildhauer, den sie schließlich gegen den Willen ihrer Eltern heiratete und mit dem sie bis ans Ende ihres Lebens in Ägypten blieb. Jamila allerdings kommt weder aus der »Perle«, noch aus der »Braut«, sondern aus Om-Al-Dunia, der »Mutter der Welt«, wie man Kairo nennt. Ihre Mittelschichtfamilie war über Jahrzehnte in dem wohlhabenden Neu-Kairo-Viertel ansässig.

Sie wollte als junge Frau Schauspielerin werden, brachte es jedoch nur zu zwei Nebenrollen in ägyptischen Serien. Mit zweiundzwanzig ging sie nach Scharm-El-Scheich, um ihre erste Rolle in einem Kinofilm zu spielen. Nach nur einer Woche verließ sie das Team wieder und kehrte nach Kairo zurück. Sie wollte die Namen des berühmten ägyptischen Filmemachers und dessen libanesischen Produzenten nie preisgeben, die die Schuld dafür tragen, dass sie für immer auf ihre Karriere als Schauspielerin verzichten musste.

Immer, wenn man sie nach dem Grund fragte, warum sie damals abgehauen ist und nicht weiter um ihre Karriere gekämpft hat, sagte sie: »Die Männer! Ich träumte damals davon, eine Schauspielerin zu sein, die echte Kunst schafft. Das wollten sie aber nicht von mir. Männer eben! Wie die Hunde bellen sie erbärmlich und sabbern, wenn sie Fleisch sehen. Ich bin aber kein Stück Fleisch, sondern eine Frau, die weder solche Tiere noch solche Männer leiden kann. Und in der Kinowelt herrschen nur Männer, die nie satt werden können, weil sie die Eigenschaften hungriger Hunde besitzen.«

Einmal fragte ich sie: »Aber Walid ist auch ein Mann, oder?«

»Er ist einmalig. Er hat vermutlich ein paar weibliche Hormone. Deswegen ist er der Besitzer meines Herzens. Anders kann ich es mir nicht erklären, warum ich ihn – einen Mann – liebe.«

Nach dem Scharm-El-Scheich-Männer-Vorfall bekam sie keine neuen Angebote mehr. Jede ihrer Bewerbungen um eine Rolle wurde abgelehnt. Schließlich entschied sie sich dafür, das Geschäft ihrer Eltern zu übernehmen, seitdem ist sie die Besitzerin des größten Blumenladens auf der Faggala-Straße. Später eröffnete sie mit ihrem Mann auf derselben Straße das Café Phönix. Und heute, nach Walids Tod, ist sie die einzige Chefin der beiden Läden.

Obwohl ich sie gern, wie ihr Mann und viele Gäste des Cafés auch, in einer ihrer Rollen in den alten Serien sehen wollte, lehnte sie stets ab, uns irgendetwas davon zu zeigen, und sagte: »Das könnt ihr erleben, aber nicht in diesem Leben, sondern im Jenseits.«

Gerade ist Jamila mit ernsthafter Miene mit ihren Dokumenten beschäftigt. Ist es ihre Absicht, mich nicht anzuschauen? Wieso?, frage ich mich und betrachte mich kurz in dem großen Spiegel, der an der Wand gegenüber dem Eingang hängt. Walid wollte immer einen Roman über diesen Spiegel schreiben. »Große Geschichten verstecken sich vermutlich in dieser Spiegelwelt«, sagte er. »Glaub mir! In einem Spiegel sehen wir nicht nur unser Abbild. Ein Spiegel besteht auch aus Seelen, die in ihn geflüchtet sind…«

Der Spiegel ist rund, sein silberner Rahmen ist mit fröhlichen und traurigen Kindergesichtern dekoriert. Nach Jamilas Angaben soll er eine lange Geschichte haben. Jamilas Mutter kaufte ihn einst bei einem einfachen Trödler. Er kostete nur zwanzig Dollar. Der Händler erzählte, nach dem Untergang des Königreichs in Kairo 1952 habe er ihn von einem reichen Mann erworben, der der damaligen Königsfamilie treu ergeben war. Dieser erste Besitzer des Spiegels verkaufte seine Wohnungseinrichtung und floh nach Rom, aus Angst vor den neuen ägyptischen Machthabern. Er erzählte dem Verkäufer, dass er den Spiegel zu Beginn des 20. Jahrhunderts auf dem Schwarzmarkt in Paris gekauft hatte, und dass er ursprünglich Marie Antoinette, der Spießerkönigin, gehörte, die während der Französischen Revolution auf dem Schafott endete. Jamila berichtete, dass ihre Mutter in diesen Gegenstand sehr verliebt gewesen sei. Manchmal hatte sie das Gefühl, dass ihre Mutter den Spiegel mehr liebte als ihren Mann.

Ich erinnere mich auch an die Geschichte eines Universitätsdozenten aus Berlin, der vor Jahren als Gast ins Café kam. Dieser blonde Deutsche, der eine hässliche kurze Hose trug, behauptete, der Spiegel gehöre Semiramis, der babylonischen Königin. Die kannte ich aus der Schule, die Frau mit den hängenden Gärten. Der Dozent behauptete, die Königin sei unglücklich gestorben. Ihre Seele lebe aber womöglich immer noch in diesem Spiegel. Der Spiegel sei also ein Gefängnis der traurigen Seelen.

Mir allerdings scheint der Spiegel so merkwürdig nicht zu sein. Walid scherzte immer über das Geheimnisvolle dieses Möbelstücks: »Er sieht höchst edel aus und passt zu einer Königin. Aber sicher nicht zu der Königin aus diesem Café!«

Plötzlich reißt mich mein Mitarbeiter Marzouk aus meinen Phantastereien, er steht aufgeregt vor mir und sagt: »Herr, Majed, du bist ja immer noch hier! Der Busfahrer wartet auf dich!«

»Wie spät ist es?«

»17 Uhr.«

Ich schaue auf die Kuckucksuhr und auf meine Armbanduhr. Beide zeigen 17 Uhr. »Was? Bin ich seit Stunden hier? Machst du Witze? Ich habe nur eine Tasse Tee getrunken!«

»Ist alles in Ordnung?«, fragt Marzouk besorgt.

»Okay, ich fahre jetzt los! Geh du ins Büro!«

Ich rufe den Kellner und verlange die Rechnung.

»Drei Mal Wasserpfeife und sieben Gläser Tee. Das macht ...«

»Moment, sieben?« Für jeden Kuckucksruf ein Glas? Ich wundere mich.

»Ja.«

Ich bezahle, stehe auf und frage mich, ob alles in Ordnung ist mit mir. War ich so lange hier? In diesem Moment treffen sich Jamilas und meine Blicke, aber sie dreht sich sofort wieder weg und beschäftigt sich mit irgendetwas, das vor ihr auf dem Tisch liegt. Ich überlege, zu ihr hinüberzugehen, entscheide mich aber spontan, es nicht zu tun, und gehe einfach weiter. Bevor ich den Ausgang des Cafés erreiche, fällt mein flüchtiger Blick nochmals in den Spiegel, und irgendwie bekomme ich den Eindruck, Walid würde mich gerade aus dieser Spiegelwelt heraus beobachten.

Die Sonne brennt noch immer, und die Ramsesstraße wirkt äußerst lebendig. Die Geschäfte sind wieder geöffnet, Straßenverkäufer fast überall, ebenso die Kunden. Alles sieht aus wie an jedem Nachmittag, wie ein großer Basar. Ich steige in meinen Wagen, werfe die mit Briefen und Dokumenten gefüllte Plastiktüte auf den Rücksitz und fahre los. Auf dem gesamten Weg fühle ich mich müde und wie betrunken. Hinzu kommt der stockende Verkehr. Mein Auto steht gerade wieder, bewegungslos wie eine Leiche im Sarg. Nach einer Dreißigminutenfahrt sehe ich endlich den Tahrir-Platz, biege in die Talaat-Harb-Straße und halte vor dem Arabische-Allianz-Reisebüro.

Seit 1997 kümmere ich mich um Briefsendungen und führe das Geschäft in Kairo ohne Probleme. Ich bin noch immer von dieser Geschäftsidee begeistert. Die Entdeckung dieser Goldgrube eröffnete sich mir in Kairo, im obersten Stockwerk des Hilton-Hotels, an der Bar. Ich wollte meinen libyschen Geschäftspartner treffen, den Leiter des Al-Amel-Reisebüros Malik Gaddaf-Al-Dam. Zusammen organisieren wir Reisen zwischen Ägypten und Libyen. Der Libyer kam aber nicht allein, sondern in Begleitung eines irakischen Unternehmers. Ein wirklich drolliger Typ, mit hässlichem schwarzen Cowboy-Hut, einer teuren kubanischen Zigarre im Mundwinkel und einem auffälligen lauten Lachen. Er war genau das, was man sich unter einer Nervensäge vorzustellen hat. Bei diesem seltsamen Iraker, der ständig das Wort »einfach« wiederholte und alles als »einfach« bezeichnete, handelte es sich um Ali Al-Bhadly, einen der erfolgreichsten Manager und Geschäftsmänner in Amman. In Jordaniens Hauptstadt besitzt er ein großes Reisebüro mit weiteren Vertretungen in vielen arabischen Städten…

»Briefsendungen sind mein neues Geschäft. Ich suche nach Partnern in Ägypten«, schwadronierte der Iraker, und wir, die beiden Nordafrikaner, hörten schweigend zu. »In fast allen wichtigen Städten, in denen sich viele Iraker aufhalten, habe ich inzwischen Leute, die für mich arbeiten. In Bengasi wird Malik zuständig sein. Der Job ist wirklich einfach und bringt gutes Geld. Ihr nehmt die Briefe an und schickt sie mir nach Amman, mit Sammeltaxis oder Bussen, die sowieso täglich zwischen unseren Ländern hin- und herfahren. Ich kümmere mich dann um den Rest. Sehr einfach. Fast sechs Millionen Iraker leben im Exil. Die Hälfte davon in der arabischen Welt. Etliche von denen können auf dem normalen Postweg keine Briefe an ihre Familien schicken. Schwierigkeiten mit der Regierung. Uns ist das egal. Ihre Probleme sind nicht die unseren. Wir sind Geschäftsleute. Also, ein Brief kostet 200 Dollar oder mehr, wenn ihr wollt. Mein ägyptischer Preis ist 150 Dollar. Und der libysche Preis beträgt 200 Dollar. Von Bengasi aus gesehen heißt das: 50 für dich, Malik, 50 für dich, Majed. 100 sind für mich und meinen Partner in Bagdad. Es ist möglich, monatlich 10 000 bis 20 000 Dollar oder mehr zu verdienen. Je nachdem wie geschickt ihr euch anstellt. Wir treffen uns zwei Mal jährlich hier in Kairo und rechnen ab. Alles sehr einfach.«

»Ist es nicht gefährlich?«, fragte ich.

»Für uns nicht. Wir sind außerhalb des Irak. Der dortige Geschäftspartner kriegt das alles hin. Wir arbeiten seit Jahren zusammen und hatten noch nie Probleme.«

Noch am gleichen Abend sagten Malik und ich zu. Seitdem liefere ich die Briefe bei Ali in Amman ab. Und was er dann damit treibt, geht mich nichts mehr an.

»An irakische Kundschaft zu kommen, ist in Libyen zum Beispiel nicht schwer«, hatte Ali gesagt, »denn die großen Städte sind voll von Irakern. Im Gegensatz zu vielen anderen arabischen Ländern hat die libysche Regierung ihre Grenze für die Flüchtlinge geöffnet. Seit Anfang der neunziger Jahre benötigt kein Iraker eine Arbeits- oder Aufenthaltserlaubnis, um sich in Libyen anzusiedeln und arbeiten zu können.« Der Geschäftsmann aus Amman empfahl meinem libyschen Partner weiter: »Du musst es nur einmal erwähnen, in einem Café oder Restaurant, wo sich die Iraker treffen! Sag, dass du illegal Briefe in den Irak schmuggeln kannst! Noch besser, du erzählst es in einem irakischen Friseursalon, dann ist neunzig Prozent der Arbeit erledigt! Der Rest spricht sich von allein herum. Friseure plaudern immer alles weiter. Gerüchte, mündliche Überlieferungen und Berichte über illegale Geschäfte sind eine irakische Leidenschaft, die sie auch im Exil ausleben. So ticken sie, und damit funktioniert unser Geschäft. Die Menschen sind Werbung und Ware zugleich. Lieber Malik Gaddaf-A-Dam, du wirst es merken und bald eine Berühmtheit unter den Irakern in Libyen sein. So überaus einfach.«

Im Gegensatz zu Malik wusste ich, dass in Kairo kaum Iraker leben. Seit sich die Präsidenten der beiden Länder Irak und Ägypten 1990 zerstritten haben, weil Saddam Hussein Kuwait eroberte, bekamen Iraker kein Visum mehr für Ägypten. »Ägyptische Solidarität mit Kuwait« nannte man das damals. In Ägypten gibt es deswegen nicht viele Iraker, und das hieß für mich, keine Briefe aus Kairo oder aus anderen ägyptischen Städten. Das mit den Visa änderte sich später. Normale Iraker bekamen ab Mitte der neunziger Jahre Transitvisa und durften nun durch Ägypten nach Libyen oder andersherum nach Jordanien reisen, mehr jedoch nicht. Keine Aufenthaltserlaubnis. Jedes

Mal müssen meine Kairoer Geschäftspartner und ich bei der Sicherheitspolizei melden, wenn sich irakische Passagiere an Bord unserer Fahrzeuge befinden. Sie schicken dann immer einen bewaffneten Polizisten, der die Reisenden im Bus begleitet, bis zur Landesgrenze von Libyen, nach As-Sallum oder zur Hafenstadt Nuwaiba, am Golf von Aqaba, genauer bis zu den Fähren, die nach Aqaba in Jordanien fahren. Der Polizist gewährleistet, dass die irakischen Reisenden ägyptischen Boden wirklich verlassen. Somit gibt es kaum irakische Kunden im Land und ebenso wenige Briefe. Die irakischen Sendungen aus Libyen, die ich seit Jahren wöchentlich aus Bengasi beziehungsweise Amman geliefert bekomme und dann weiter verschicke, sind aber mehr als genug und ein gutes Geschäft. Seitdem bin ich also dabei, und obwohl am Anfang meine Skepsis überwog, stellte ich schnell fest, dass es tatsächlich »einfach« ist, so ein Geschäft zu betreiben.

Mit den Dokumenten in der Hand steige ich aus und gehe zügig in das Reisebüro. Viele Leute warten dort und zahlreiche Koffer liegen um sie herum auf dem Boden.

»Herzlich willkommen, Herr Majed!«, ruft ein junger Mann.

»Bist du der Fahrer heute?«

»Ja, ich bin es, dein Diener Alaa.«

»Du bist neu hier?«

»Ja, Herr.«

»Wo ist die Post?«

»Im Kofferraum!«

»Also komm, öffne ihn!«

Wir gehen zum Bus, Alaa macht den Kofferraum auf: »Da ist alles.« Lediglich ein kleiner Karton liegt vor mir, in dem mehrere Papiere aufbewahrt sind. Ich tausche sie gegen die von mir mitgebrachten Briefe aus und sage: »Also, nicht anfassen! Gib die Kiste einfach im Al-Iraqi-Reisebüro in Amman ab!«

»Ja, Herr!«

»Wann fährst du los?«

»Um 17 Uhr.«

»Dann bist du ja verspätet!«

»Aber nein, es ist erst 15 Uhr.«

Ich schaue dem jungen Burschen verwirrt in die Augen. Was sagt der da? 15 Uhr? Wollen mich heute alle verrückt machen?

»Gute Reise, Alaa!«, wünsche ich ihm und verlasse die Busstation.

Viertes Kapitel

✿

Latif Mohamed (Abu Samira), 52 Jahre alt,
Lastwagenfahrer
Dienstag, 5. Oktober 1999
Amman, Jordanien

✿

Der vierunddreißigjährige Baschier, mein Stammver-
wandter väterlicherseits, scheint mir sehr beschäftigt
zu sein. Ich stehe seit Minuten in seinem Arbeitszimmer im Al-Iraqi-Reisebüro, und er sagt nichts.

»Entschuldige mich, Abu Samira!« Endlich macht
er seinen Mund auf. »Heute habe ich viel zu tun.
Jedes Mal, wenn die Busse aus Kairo oder Damaskus
eintreffen, muss ich die Post erst abholen und die
Briefe nach Zielstädten sortieren.« Dann erklärt er:
»Schau mal! Die Basra- und Bagdad-Briefstapel tür-
men sich auf dem Tisch, siehst du?«

»Stimmt. Ich sehe das.«

»Bagdad, schon wieder?«, sagt er laut, nachdem er
die Anschrift auf einem Brief gelesen hat. Er legt ihn
auf einen der Stapel. Fieberhaft bemüht er sich, dieses
Chaos aus Briefen auf seinem Arbeitstisch nach Städten zu sortieren.

»Seit Stunden hocke ich im Büro und versuche,
schnellstmöglich den Rest der aufgestauten Arbeit zu

erledigen. Nicht mehr lange und die anderen Lastwagenfahrer kommen, um die Briefe abzuholen. Du
musst jetzt losfahren, oder?«

Obwohl es nicht stimmt, sage ich: »Ja.«

»Es gibt viele Briefe nach Bagdad, aber du kannst
nur zehn Stück für 100 Dollar transportieren, weil viele andere Fahrer auch auf Briefe warten, um sie nach
Bagdad zu bringen.«

»100 Dollar sind heilbringend in dieser Zeit«, sage
ich lächelnd.

Baschier greift in den Stapel, zählt zehn Briefe ab
und schreibt dann irgendetwas auf einen Block. Er öffnet eine kleine Kasse, entnimmt 100 Dollar und reicht
sie mir. »Wir sehen uns nächste Woche. Gute Fahrt!«

»Auf Wiedersehen, Baschier, pass auf dich auf!«,
sage ich und verlasse das Zimmer.

Seit vier Jahren lebt Baschier in Jordanien. Am Anfang arbeitete er hier als Zigarettenverkäufer. Täglich
wartete er auf Lastwagenfahrer wie mich, die Zigaret-
tenstangen aus dem Irak nach Amman schmuggelten.
Er kaufte die Ware direkt von den Fahrern und versuchte, die Schachteln einzeln auf den Straßen im
Stadtzentrum zu verkaufen. Alles lief illegal, und
er musste extrem aufpassen, dass ihn kein Polizist
erwischte. Obwohl die irakische Zigarettenmarke
»Sumer« um fast die Hälfte billiger war als die jordanischen Marken, gab es nicht viele Menschen,
die bereit waren, den schlechteren irakischen Tabak
zu kaufen. Nur die Iraker selbst mochten diese Zigaretten, da sie sich durch den Namen der Marke
vermutlich an ihre alte Hochkultur in Sumer und

Babylon erinnerten. Die meisten jedoch hatten einfach kein Geld und konnten daher nur gelegentlich die alte mesopotamische Zivilisation rauchen. Baschier verkaufte also weiter seine Sumer und gewöhnte sich daran, in dieser Stadt am Wochenende einige Stunden im Café »Der Babylonische Löwe« zu verbringen. Manchmal kamen Geschäftsleute in das Café, die nach billigen Arbeitskräften suchten. Als ich vor drei Jahren einmal mit Baschier im »Babylonischen Löwen« saß, tauchte ein junger, gut aussehender Iraker auf, der aber recht seltsam gekleidet war. Er trug einen weißen Anzug, und den Kopf zierte ein schwarzer Cowboy-Hut. Er wollte wissen, ob es unter den Arbeitsuchenden jemanden gab, der Ökonomie oder Tourismus studiert hatte. Baschier hatte zwar in Bagdad die Universität besucht, aber ein anderes Fach belegt, nämlich Mathematik. Als wir in die Runde der Anwesenden schauten, bemerkten wir keine Reaktion. Nach kurzem Zögern hob Baschier plötzlich die Hand: »Ist Mathematik okay?«

Er ging an jenem Tag mit diesem irakischen Cowboy. Der war, wie ich später erfahren habe, der bekannte Geschäftsmann Ali Al-Bhadly, Besitzer des in der König-Talal-Straße liegenden Reisebüros Al-Iraqi. Seitdem arbeitet Baschier für ihn, und er ist sich seiner glücklichen, privilegierten Situation in Jordanien bewusst.

Jedes Mal, wenn ich nach Jordanien komme, fällt mir das erbärmliche Leben meiner Landsleute hier auf. Sie sind überall in Amman, manche schlafen auf den Bürgersteigen der Straßen in der Stadtmitte, am

Hashmia-Platz, in den Ruinen, den Fabriken, auf Baustellen, wo die unfertigen Häuser stehen. Ihnen geht es nur ums Überleben. Es gibt Mädchen, die in Bordellen arbeiten und junge Männer, die bereit sind, Strichjungen zu werden. So viele von uns Irakern bevölkern das Land, dass die Jordanier uns satt haben. Und Baschier? Wenigstens ihm ist es gelungen, seine Frau und seinen Sohn aus Bagdad zu holen und sich in Amman eine kleine Wohnung zu mieten.

Augenblicklich stehe ich auf der Talal-Straße. In der einen Hand halte ich die Plastiktüte mit den zehn Briefen, in der anderen das Honorar für die Briefzustellung. Der Transport solcher Briefe, den ich seit fast zwei Jahren abwickle, bringt mir gutes Geld. Ein unverzichtbares Einkommen, denn ein Dollar ist mehr als tausend irakische Dinar wert. Die Briefe muss ich im Wagen gut verstecken, in irgendeinem Karton oder einer Kiste, und nach der Ankunft in Bagdad im Tahrir-Import-Export-Büro abgeben. Die Polizisten an der jordanischen Grenze Al-Karama und an der irakischen Grenze Tripil können nicht sämtliche Kartons aller Lastwagen öffnen und durchsuchen. Täten sie es, bräuchten sie einen ganzen Tag für einen einzigen Lastwagen. Bis jetzt kam ich immer gut durch. Also los und nicht länger nachdenken! Es sind schließlich nur Briefe.

Auf meinem Spaziergang genieße ich es, das Treiben in den Läden auf der Talal-Straße zu beobachten und den vielen Menschen zuzusehen, wie sie handeln und einkaufen, miteinander reden oder einfach in die Schaufenster schauen. Hier in der Stadtmitte reihen sich Klamottengeschäfte an Klamottengeschäfte, Imbisse an Imbisse, Läden an Läden, die mit allem gefüllt sind, was das Herz begehrt. Auch die Straßenverkäufer auf dem Bürgersteig bieten schöne Ware an. Drei alte Damen sitzen auf dem Gehweg, in schwarze traditionelle irakische Gewänder gekleidet und in schwarze Schleier gehüllt. Die erste verkauft Zigaretten, Sonnenblumenkerne und Kaugummis, die zweite Uhren und Armbänder und die letzte Plastiksandalen. Dieser Anblick im Zentrum von Amman macht mich unendlich traurig. Ich frage mich, wie ich mich fühlen würde, wenn eine dieser Frauen meine Mutter, Frau oder Schwester wäre? Das haben wir Iraker wirklich nicht verdient, auf diese erbärmliche Art zu leben! Ich verfluche dich, Saddam, für all deine Verbrechen! Und ich verfluche dich, Amerika, für all die Kriege und das ewige Handelsembargo, das uns zu Sklaven gemacht hat!

Ich gehe weiter in Richtung Hashmia-Platz und betrachte dort die vielen Cafés, Restaurants, die Straßenverkäufer und die schönen Häuser, die sich unregelmäßig den Berg hinaufziehen.

Plötzlich steht ein junger Polizist vor mir.

»Sind Sie Iraker?«

»Ja.«

»Ihren Ausweis bitte!«

Ich reiche ihm den Reisepass. Er blättert darin, dann fragt er: »Wie heißen Sie?«

»Mein Name ist Abu Samira – der Vater von

Samira. Meinen ursprünglichen Vornamen Latif benutzt keiner, sondern man nennt mich Abu Samira, so wie es im Irak für Väter und Mütter üblich ist: nach dem Namen des ältesten Kindes. Und Samira ist meine älteste Tochter.«

Der Mann lächelt, gibt mir den Pass zurück und geht weiter. Ich habe in Amman selten eine Polizeikontrolle auf der Straße erlebt. Ob es ein Problem mit einem der vielen Ausländer hier gibt? Das geht mich nichts an.

Eine Stunde bleibt mir, bis ich mich auf den Weg machen muss. Mein Lastwagen parkt vor der Seifenfabrik am Rande Ammans. All die mit Seifen vollgestopften Schachteln lagern bereits im Laderaum, ich brauche den Wagen nur noch abzuholen und nach Bagdad zu bringen.

Bevor ich abfahre, suche ich ein Geschenk für mein Enkelkind Nori, den Sohn meiner Tochter Samira. Nori wünscht sich ein rotes Spielzeugauto. Er liebt ausschließlich rotes Zeug, will immer etwas Rotes. Ich habe ihm bereits ein rotes Kuschelbärchen, eine rote Kuschelkatze und eine rote Plastikpistole aus Jordanien mitgebracht. Den Grund für diese rote Vorliebe kenne ich nicht. Vielleicht bin ich wegen genau dieses Spleens in dieses Enkelkind vernarrt?

Rot war auch die Lieblingsfarbe meines einzigen Sohnes, der ebenfalls Nori hieß. Auch der große Nori mochte als Kind nur rotes Spielzeug, was ich schon damals nicht verstand. Als er ein junger Mann war, verliebte er sich in ein Mädchen, das oft rote Stiefel oder einen roten Schal trug. Die beiden bezeichneten sich auch als »die roten Zwei«, weil sie, wie sie sagten, an »die roten kommunistischen Ideen« glaubten, mitsamt »der roten Fahne« und »der Roten Armee«. So ziemlich alles hatte bei den beiden Verliebten eine rote Farbe.

Die Ähnlichkeit meines Enkels mit meinem Sohn, seinem Onkel, ist für mich ein Mysterium. Früher konnte ich die Erinnerungen an meinen Sohn Nori nicht ertragen. Er war der einzige Sohn unter meinen vier Kindern. Dann verschwand er plötzlich aus unserem Leben. Er musste an die Front und kam nicht zurück. Oder doch, er kam zurück, aber ohne Gesichtszüge und ohne Haut, als verkohlte Leiche. Jahrelang wollte ich darüber nicht reden. Ich konnte nicht einmal Fotos ansehen, auf denen mein Sohn abgebildet war. Doch seit der Geburt meines Enkelsohns, dem kleinen Nori, hat sich das vollkommen geändert. Plötzlich ist es, als wäre der große Nori wieder da: neugeboren.

Bis 1988 sagte niemand Abu Samira zu mir, sondern Abu Nori – der Vater von Nori. Nach dem Tod meines Sohnes begannen die Leute mich Abu Samira zu nennen, weil sie merkten, wie ich litt, wenn Noris Name in meiner Gegenwart ausgesprochen wurde. Meine Frau Halima, Samiras Mutter – Om Samira, die vorher auch Om Nori hieß –, bat alle meine Freunde und Bekannten, dass sie mich nicht mehr Abu Nori nennen sollten. Seitdem verschwand der Name meines Sohnes aus meinem Leben.

Nach Noris Tod lief ich als traurige Gestalt durch

die Gegend. Oftmals, wenn ich wie gewohnt meine Frau Om Nori rufen wollte, stolperte meine Zunge über den Namen meines Kindes. Noris Namen konnte ich nicht mehr aussprechen. Es schnitt scharf in mein Inneres, und das schmerzte mich. Seitdem rief ich meine Frau bei ihrem Vornamen Halima, und sie mich Latif. Das ergab sich unvermeidlich, ohne Absprache verwendeten wir unsere Vornamen und wurden auf einmal wieder fremde Menschen, die sich erst langsam kennenlernen mussten.

Seit jenem Sommer 1988 bin ich auch nicht mehr der Mann, der als fröhlich, gutmütig, hilfsbereit und Min-Ahl-Allah – reinen Herzens – bekannt war. Ich versank in Traurigkeit und wurde ein einsamer Mensch, meine Gesichtszüge verhüllte ein Schleier aus Melancholie. Wenn ich an meinen Sohn dachte, fühlte ich manchmal, als griffe mich ein unsichtbares mächtiges Tier an und hielte mich gefangen mit seinen großen Krallen. Mein Atem verlangsamte sich plötzlich bis zum Stillstand und das übliche »Ach«, das ich ausstoßen wollte, blieb in meiner Kehle stecken und in der Tiefe meines Wesens. Das Atmen war mir kaum noch möglich, ich drehte und wendete meinen Kopf, als wäre ich in einem Rausch: nach oben und unten, nach rechts und links ... Das Gewicht meines Kopfes wurde schwerer und schwerer. Ich schüttelte ihn und spürte, wie die Halswirbel knackten, schloss die Augen, öffnete und schloss sie wieder. »Ach, Gott«, würgte ich hervor, aus meinem Bauch krochen rote Luft, roter Wind, rote Schlangen und rote Dämonen und anderes mehr. Wie ein vielköpfiges Ungeheuer

sprang es aus meinem Herzen, dieses verzweifelte
»Ach«. Mit den Händen bedeckte ich mein Gesicht
und schluchzte »O Gott! Deine Gnade!«, atmete tief
und schaute in den staubigen Himmel über Bagdad.

Tatsächlich habe ich selbst Nori in den Tod geschickt. Fast zwei Jahre vor dem Ende des Irak-Iran-
Kriegs studierte mein Sohn Medizin, musste aber dann
wie alle Universitätsabsolventen für einundzwanzig
Monate an die Front. Er kam der Einberufung nach,
träumte aber vom ersten Tag an vom Abschied von
der Armee. Ein Jahr später, im April 1988, begann der
Kampf an der Front im Süden härter zu werden, genau dort, wo er diente. Er wollte nicht länger kämpfen. Ich erinnere mich genau an Noris damalige Worte: »Ständig Leichen zu umarmen, kann ich einfach
nicht mehr ertragen. Mir ist es unmöglich geworden,
zwischen meinen Albträumen und der Realität zu unterscheiden.«

Tagelang versuchte ich, meinen Sohn zu überzeugen, Vernunft anzunehmen. »Es sind doch nur noch
wenige Monate. Dann läuft deine Wehrpflicht ab, und
du kannst als normaler Arzt arbeiten. Akademiker
müssen volle einundzwanzig Monate gedient haben.
Bitte zerstöre nicht leichtfertig unseren Traum! Ich
habe das ganze Leben dafür gekämpft, dass meine
Kinder die Universität besuchen und etwas im Leben
erreichen können. Wenn du jetzt hier bleibst und
nicht in den Krieg ziehst, begehst du Fahnenflucht,
das bedeutet in diesem Land Verrat, mein Sohn. Die
Polizei wird dich festnehmen, und die Justiz verurteilt
dich zu fünf Jahren Gefängnis. Willst du das wirklich

auf dich nehmen? Und wer weiß, vielleicht taucht dieses Gesetz vom Anfang des Krieges wieder auf: die Todesstrafe. Willst du mir und deiner Familie das antun?«

Nori fügte sich meinen Worten und ging wirklich wieder an die Front, und zwei Monate später, im Juni 1988, kam er als Leiche zurück. Eine iranische Rakete hatte das Spital getroffen, in dem er diente. Bei der Bergung fand man nur schwarz verkohlte Leichen, und man konnte meinen Sohn sofort an der zweigeteilten Erkennungsmarke identifizieren, die um seinen Hals hing.

Für mich blieb es unbegreiflich, dass ich meinen einzigen Sohn so früh und für immer und ewig verloren hatte. Was mich noch verrückter und seelenwunder werden ließ, war die Tatsache des Kriegsendes am 8. August desselben Jahres, wenige Monate nach Noris Tod. Hinzu kam die staatliche Amnestie für alle desertierten Soldaten am selben Tag, dem 8. August 1988. Umgehend konnten sie, ohne bestraft zu werden, ihren früheren Tätigkeiten nachgehen. Seitdem glaube ich fest, dass ich meinen Sohn Nori in den Tod geschickt habe.

Am Tag, als die Leiche meines Kindes bei uns ankam, wollte ich den ganzen Tag mit niemandem sprechen, weder mit meiner Familie noch mit Freunden oder Nachbarn. Ich verkroch mich auf das Dach meines Hauses und betrachtete stundenlang den Himmel. Ich glaubte zu sehen, dass mein Sohn den Himmel mit seinem Blut rot anmalte und sich verabschiedete. Meine Hand winkte die ganze Zeit, und ich hörte meine

Stimme immer aufs Neue wie besessen rufen: »Auf Wiedersehen, mein Herz, mein Sohn, mein Traum.« Meine Frau, meine Töchter und alle im Viertel dachten, der Irrsinn hätte von mir Besitz ergriffen. Sie standen draußen vor der Tür, beobachteten mich und schluchzten aus Trauer und Mitleid mit mir. An diesem verdammten Tag blieb unklar, wen die Leute mehr beweinten, den tot heimgekehrten Sohn Nori oder den verzweifelten Vater.

Aber nun ist er da, der kleine Nori. Der einzige Junge in der Familie, mein behüteter Augenstern. Nicht einmal fünf Jahre weilt er in dieser Welt, und immer wenn ich unterwegs bin, beeile ich mich, nach Hause zurückzukehren und seine kleinen Händchen zu drücken, sein Lächeln einzufangen.

An einer Straßenecke finde ich endlich einen Spielzeugladen, der obendrein Rabatt auf alle Waren anbietet. Ein junger Angestellter ruft vor der Tür des Geschäfts mit auffälligem ägyptischen Akzent und lauter Stimme: »Alles fünfzig Prozent billiger! Kommt und schaut dieses Wunder! Morgen ist es zu spät, nur heute alles fünfzig Prozent billiger!« Ich betrete den Laden und schaue mich um, entdecke das größte und teuerste Spielzeugauto in knallroter Farbe. Ohne wie üblich zu handeln, erwerbe ich den Fund, umfasse freudig das Geschenk, schreite hinaus wie ein wohlhabender Herr und nehme das nächste Taxi.

»Richtung Flughafen, zur Kosmetikfabrik Al-Schami, in der Nähe des großen Hotels Al-Hayat. Kennst du sie?«

Der junge Taxifahrer antwortet: »Na klar, steig ein!«

»Wie viel kostet es?«

»Taxizähler.«

Beschwingt steige ich ein, empfinde Wohlbehagen auf der ledernen Rückbank, das rote Spielzeug fest im Arm, und stelle mir die Freude in Noris Gesicht vor, wenn er es erblickt. Ich versinke in eine innere Ruhe und Zufriedenheit und möchte die Augen schließen, doch der Fahrer unterbricht die Stille und fragt: »Bist du Iraker? Ja, Iraker, oder?«

»Woran erkennst du das?«

»Dein Turban! Jordanier tragen so etwas nicht.«

»Pfiffiger Bursche. Kommst du aus Amman?«

»Ja, ich lebe hier, bin aber kein gebürtiger Hauptstädter, stamme aus dem Süden, aus der Stadt Karak. Wie mein Vater und Großvater und schon mein Urururgroßvater. Ich bin nur hier wegen der Arbeit. Und wie geht es dir?«

»Ab und zu komme ich hierher, kehre aber immer wieder nach Bagdad zurück. Ich denke, euch geht es hier in Amman besser als uns drüben im Irak.«

»Onkel! Darf ich dich Onkel nennen?«

»Ja klar!«, erlaube ich es dem gesprächigen Jungen.

»Entschuldige bitte im Voraus meine Wortwahl! Aber, wenn man auf dem Klo hockt, dann hockt man auf dem Klo. Ziemlich egal, ob man scheißt oder pinkelt. Hier bei uns hockt die Regierung auf unserem Land wie auf einem Klo, genauso wie dort bei euch. Bei euch ist es beschissen und bei uns ebenfalls. Hier pisst man auf uns, und dort scheißt man auf euch. Beide schwimmen wir in den stinkenden Exkrementen der pestilenzialischen Politik. Also, wir alle leben in einer Scheißzeit.«

»Ich habe bisher geglaubt, hier in Jordanien gehe es euch gut. Hier gibt es alles. Bei uns gibt es kaum Essen. Seit dem Handelsembargo haben wir keine grandiose Auswahl. Wir essen nur noch Auberginen. Die Jungen im Irak haben unserem Land einen neuen Zusatznamen gegeben: ›Auberginenrepublik‹. Das ganze Jahr ernähren wir uns allein von dieser Eierpflanze. Meine Frau versucht ständig etwas Neues aus den Auberginen zu kreieren: Auberginen-Bällchen, Auberginen-Suppe, Auberginen gekocht, gegrillt oder gebraten. Sogar aus der Schale der Auberginen produziert sie Chips. Sie nennt die Auberginen entweder ›Könige der Küche‹ oder ›Herren der Bratpfanne‹.«

»Ihr Iraker! Ihr seid ein lustiges Völkchen und könnt über euch selbst lachen. Davon habe ich schon gehört. Es soll bei euch wirklich nicht einfach sein. ›Auberginenrepublik‹, das ist cool. Ein lustiges Völkchen, tatsächlich.«

»Hier geht es euch gut, mein Sohn! Wir Iraker lachen die ganze Zeit, weil wir nicht weinen wollen. Traurigkeit haben wir genug, Gram und Niedergeschlagenheit. Die Freude verließ uns vor einer gefühlten Ewigkeit, sie floh weit weg in die Emigration. Wir lachen über unser trauriges Schicksal, weil es uns grotesk vorkommt.«

»Du bist ein weiser Mann.«

»Jeder Iraker ist ein Weiser, wenn er anfängt, über die Traurigkeit zu philosophieren. Und ihr Jordanier?«

»Keine Ahnung! Langweiliges Leben. Die Regierung ist nur eine Farce. Der Einzige, der wirklich regiert, ist der König. Den darf man nicht kritisieren. Ich kann dir jetzt sagen, was ich denke. Aber wenn ein Jordanier dabei wäre, täte ich das niemals. Wenn die Sicherheitspolizei davon erfährt, verschwände ich für immer und ewig. Spurlos bis zur Apokalypse.«

»Danke für das Vertrauen!«

»Unser alter König Hussein starb dieses Jahr. Sein Körper und seine Seele werden bestimmt gerade in der Hölle gegrillt und gebraten. Mal schauen, was sein Sohn anstellt! Vermutlich regiert er kaum anders als sein Vater. Er darf jederzeit die Regierung auflösen und eine neue ernennen. Marionetten an des Königs Fäden. Er, seine Familie und die Stammesführer besitzen alles Wertvolle, wir nur den Dreck. Einmal, im Jahr 1996, erhöhte die Regierung den Brotpreis. Die Armen in meiner Heimatstadt Karak und im ganzen Süden demonstrierten auf der Straße. Ich schwöre, friedlich und gewaltfrei. Ich weiß es, denn ich war unter ihnen. Die Regierungspolizei schlug die Menschen mit Waffengewalt zurück. Viele Opfer, und trotzdem seither nur noch teures Brot. Weißt du was? «

»Was?«

»Euer Saddam Hussein ist großartig, ein echter Mann, der Amerika ständig herausfordert.«

Langsam ermüde ich und sage es dem Fahrer. »Ich werde etwas ausruhen, mir fallen gleich die Augen zu.«

»Ruhe dich aus! Ich werde dich bei der Ankunft wecken.«

Obwohl ich den jungen Fahrer nett finde, bin ich

froh, das Gespräch beenden zu können. Ich will nicht länger über Saddam und den Müll der arabischen Regierungen reden. Allerdings wundert mich, dass ich in Amman immer dasselbe höre: »Saddam ist großartig.« Warum die Leute diesen Schlächter hier mögen, konnte ich nie verstehen. Einmal erzählte mir Haji Marwan, der Wachmann der Fabrik, für die ich Seife transportiere, dass er im Jahr 1991, als der Golfkrieg ausbrach und Saddam einige Raketen auf Israel abschoss, etwas Ungewöhnliches erlebte. Als er zum Mond emporsah, erblickte er das Abbild von Saddam. Haji Marwan schwor bei allen seinen Heiligen, er habe Saddams Gesicht mit seinen eigenen Augen gesehen. Besser ich schließe mit meinen Augen für eine Weile auch mein Hirn.

Die Ruhephase kommt mir sehr kurz vor, da höre ich den Fahrer. »Wir sind schon da!«

Mit dem Geld für die Fahrt und einem herzlichen Abschied steige ich aus und gehe direkt zu meinem Lastwagen, der vor der Fabrik parkt. Der Wachmann Haji Marwan begrüßt mich und fragt: »Willst du mit mir etwas essen, bevor du losfährst?«

»O danke! Ich muss wirklich los.«

»Dann gute Reise!«

Ich packe das rote Spielzeugauto und die zehn Briefe in den kleinen Kofferraum auf der rechten Seite des Wagens. Später, rechtzeitig vor Erreichen der jordanischen Grenze, werde ich die Briefe in einem der Seifenkartons hinten im Laderaum unauffindbar verstecken.

Plötzlich höre ich Geschrei, aus der Fabrik. »Schnell,

schnell, schnell«, erkenne ich Haji Marwans Stimme. Ich schaue genauer hin, erblicke vier Jungs, die über die Fabrikmauer springen und Richtung Hauptstraße rennen. Ich drehe mich noch einmal um und erblicke Haji Marwan, der wie ein Soldat vor der Fabriktür steht.

»Was ist los, Haji?«

»Nichts. Das sind die irakischen Jungs, die hier arbeiten. Sie müssen sich ein Versteck suchen. Die Fabrik wird vermutlich heute vom Arbeitsamt kontrolliert. Sie haben ja keine Arbeitserlaubnis, wie alle Iraker in Jordanien.«

»Haji Marwan, ich habe eine Frage.«

»Ja.«

»Hast du ernsthaft das Bildnis Saddams im Mond gesehen, 1991, als der Krieg begann?«

»Ja, ich schwöre es beim Propheten und dem Koran. Mit diesen meinen beiden Augen, die in nicht allzu ferner Zukunft in meinem Grab von einer Meute Ameisen aus den Augenhöhlen herausgefressen werden. Gott ist mein Zeuge. Der Himmel leuchtete rot bis bräunlich, und Saddam lächelte im silbrigen Mond, um sein Gesicht eine Aureole aus Licht. Wie ein Heiliger, ein weiser Prophet.«

Ohne etwas zu erwidern, steige ich in den Lastwagen und flüstere mir lächelnd zu: Nicht nur die Iraker sind ein lustiges Völkchen.

Ich fahre jetzt also in die Auberginenrepublik, das Land des Mannes, dessen Gesicht man im Mond sieht.

Fünftes Kapitel

✳

Kamal Karim, 31 Jahre alt, Polizist
Donnerstag, 7. Oktober 1999
Bagdad, Irak

✳

9 Uhr morgens. Meinen Nissan parke ich auf der Ra-
schied-Straße vor einem Restaurant, unmittelbar neben dem Tahrir-Import-Export-Büro, meiner neuen,
etwas speziellen Arbeitsstelle. Einmal pro Woche, an
jedem Donnerstag, muss ich hierher kommen. Meine
eigentliche Arbeit erledige ich ansonsten im Untersuchungsgefängnis Rassafa, wo ich seit Jahren als
Wächter angestellt bin. Nicht lange ist es her, erst
knappe sechs Monate, da bestellte mich der Direktor
des Gefängnisses, Oberst Ahmed Kader, in sein Büro
und sagte: »Deine künftige Aufgabe ist die Arbeit als
Brief-Kontrolleur.« Ein Kollege, der diesen Beruf bis
jetzt ausübte, sollte mir alles beibringen. Dieser Mann
erzählte mir, dass Oberst Ahmed, den man den »Wolf«
nennt, diese Form der Kontrolle eingeführt hat. Der
Arbeitsbereich Briefkontrolle existiert seit 1996 in
der Sicherheitsbehörde. Nach dem Aufstand im Jahre
1991 waren viele Iraker ins Ausland geflohen, und
kurz danach hatte das Phänomen der illegalen Briefsendungen begonnen. »Um solche Briefe, die die Last-

wagenfahrer ins Land schmuggeln, wirst du dich kümmern.«

In dem Import-Export-Büro, vor dessen Tür mein Auto jetzt parkt, werden die illegalen Briefe abgeliefert. Meine Aufgabe besteht darin, die Briefe zu lesen, die wichtigsten Informationen herauszufiltern und diese in einem kurzen Protokoll an meinen Chef weiterzuleiten. Diesen Job betrachte ich als eine Art polizeiliche Auszeichnung. Ich arbeite unmittelbar, persönlich mit dem Chef zusammen. »Alles bleibt geheim«, schärfte er mir ein. »Der gute Ruf des Besitzers des Tahrir-Import-Export-Büros Haji Saad muss gewahrt bleiben. Wenn die Menschen erfahren, dass wir heimlich Briefe öffnen und lesen, wäre das eine Katastrophe. Also, weder deine Kollegen noch deine Familie dürfen etwas erfahren! Verstanden?«

»Ja, Herr!«

Im großen Saal des Büros begrüße ich die sechs Mitarbeiter, die mit konzentrierten Mienen an ihren Arbeitstischen sitzen, gehe durch den Hinterhof, erreiche mein fensterloses Arbeitszimmer und schalte das Licht ein. Der Zwölf-Quadratmeter-Raum muss früher als Abstellkammer oder etwas Ähnliches gedient haben. Jetzt stehen mein Arbeitstisch und ein Schrank für die Unterlagen darin. Auf dem Tisch finde ich die beiden großen Behälter, in denen die Briefe gesammelt wurden. Zwei Sorten von Briefsendungen lagern hier: In der einen Box liegen diejenigen, die aus dem Ausland angeliefert wurden, in der anderen die Briefe, die aus dem Inland herausgeschmuggelt werden sollen. Heute beschäftige ich mich erst mal mit den aus dem Ausland eingetroffenen Sendungen, weil nur sehr wenige Inlandsbriefe eingetroffen sind.

Jemand klopft an die Tür.

»Herein!«

Einer der Büromitarbeiter, dessen Namen ich nicht kenne, hält in einer Hand eine Tasse Tee und in der anderen ein Glas Wasser. »Für Sie!«, sagt er und stellt die Getränke auf den Tisch.

»Danke! Schließen Sie beim Gehen bitte die Tür hinter sich!«

»Benötigen Sie sonst noch etwas?«

»Nein, danke!«

Meine Arbeitskollegen würden, wenn sie davon erführen, sicher denken, wie langweilig dieser Job sein muss. Mir hingegen gefällt das tausendmal besser, als Häftlinge zu bewachen oder ein Haus zu stürmen, um jemanden festzunehmen, während die Frauen und Kinder ringsherum schreien, heulen und wehklagen. Anfangs, in meinen ersten Jahren bei der Polizei, fand ich es aufregend, den Menschen mit der Pistole in der Hand Angst einzujagen. Jung und auf Abenteuer aus, kannte ich nichts Spannenderes. Inzwischen spielt so etwas für mich keine Rolle mehr. Die Ruhe und die geachtete Position, die ich erreicht habe, sind unersetzlich. Endlich kann ich viele meiner Träume erfüllen, und ich will sogar noch mehr erreichen: eine kleine Villa am Tigris.

Wahnsinn, wie mein Leben sich in so kurzer Zeit verändert hat ... Mein echtes Leben begann an einem

Montag, vor vielen Jahren. An jenem Tag sagte mir meine Mutter: »Mein Sohn, keine Sorge! Du bist ein Märtyrersohn. Sie müssen dich aufnehmen. Alle, die einen Märtyrer in der Familie haben, sind privilegiert. Das hat unser Präsident zugesichert. Du bekommst ganz sicher die Zulassung zur Polizeiausbildung. Ich werde zur Al-Kadhum-Moschee gehen, zu Gott flehen und den Imam bitten, dir zu helfen!«

Letztendlich behielt meine Mutter Recht. Der Himmel hörte ihre Gebete und erfüllte ihre Bitte. An jenem Tag, die Muezzin riefen gerade zum Morgengebet, die Hähne weckten das Viertel, viele Bewohner von Saddam City verließen soeben das Bett, und der Lärm der Vögel wehte über die Straße, da verließ ich die Wohnung in Richtung Bahnhof, stieg in den Bus zum Zentrum und stand kurz vor sieben Uhr an der Polizeiakademie. Die morgendlichen Sonnenstrahlen berührten mich sanft, und der frühe Tag strahlte Ruhe und Harmonie aus.

Bis zur Mittagszeit, als die Sonne unbarmherzig brannte, die morgendlichen friedlichen Geräusche sich in ein lärmendes hektisches Getümmel verwandelt hatten und die Schar der jungen Männer vor dem Informationsschalter der Polizeiakademie um ein Hundertfaches zugenommen hatte, wartete ich angespannt auf das Ergebnis. Schließlich erschien ein Uniformierter, stellte sich auf ein Podest, nahm ein Heft in die Hand und begann zu lesen. Er verlas zuerst die vollständigen Namen und dann entweder »zugelassen« oder »abgelehnt«. Ungefähr um 12.20 Uhr, mit dem Beginn des mittäglichen Rufgebets: »Allah Akbar – Gott ist groß …«, rief der Polizeibeamte: »Kamal Karim, zugelassen.«

Anfangs sprachlos und skeptisch, hüpfte ich alsbald fröhlich durch das Haupttor der Akademie, wie ein Schulkind in der Unterrichtspause oder wie von einer Schlange gebissen. Irgendwann konnte ich meine Glückstränen nicht mehr stoppen, sie rollten über meine Wangen. Ich schaute in den Himmel, der nicht mehr blau war, sondern sich wegen der Hitze und des Staubs fast gelb gefärbt hatte, und rief: »Lieber Gott, vielen Dank!« Dann ging ich direkt in die Moschee gegenüber der Akademie, um das Mittagsgebet zu verrichten und mich bei Gott persönlich zu bedanken.

Damals musste jeder, der achtzehn Jahre alt wurde und sich nicht an der Universität oder in einer Schulausbildung befand, für mindestens sechsunddreißig Monate zur Armee. Daher war die Polizeiakademie ein Traum für jeden jungen Mann, der nicht an der Front verrecken wollte. Und wer will das schon? Ich wollte das nicht. Mir war klar, dass die Polizeiakademie meine Rettung und zugleich meine Zukunft darstellte. Ich bewarb mich, glaubte aber nicht wirklich daran, dass ich Glück haben könnte. Schließlich stellten sie mich aber doch ein als Polizist, und zwar nicht als irgendeinen, sondern als Sicherheitspolizist. Jeder Iraker zittert vor Angst, wenn er dieses Wort »Sicherheit« hört. Was muss man tun, wenn man vor einem echten Sicherheitspolizisten steht?

Als Jugendlicher war ich in der neunten Klasse zweimal sitzengeblieben, weil ich die Mittelschulprüfung nicht bestanden hatte. Nach der zweiten missglückten Klausur musste ich mich den Vorschriften entsprechend von der Schule verabschieden. Da ich die Schule nicht mochte, war mir das ziemlich egal. Hauptgrund für mein Scheitern waren die geisteswissenschaftlichen Fächer, besonders die Sprachen: Englisch und Arabisch. Meine Mutter Nejla konnte und wollte nicht verstehen, warum Englisch und Hocharabisch Pflichtfächer waren, nicht jedoch Irakisch und Kurdisch. »Natürlich schafft mein Sohn diese Prüfung nicht«, beklagte sie sich bei den Frauen der Nachbarschaft. »Mein Sohn redet wie alle hier nur Irakisch und wohnt mit den Kurden in der Kurdengegend in Saddam City. Nie im Leben ist er einem Menschen begegnet, der richtiges Hocharabisch spricht, noch hat er einen englischsprachigen Kanarienvogel. Sein Vater Karim, Gott segne seine Seele, würde mir beipflichten, wenn er noch hier wäre.«

Meinen Vater nannte man Abu-A-Nafed, Vater des Petroleums, weil er als Petroleum-Verkäufer gearbeitet hatte. Er besaß einen Karren und einen Esel, mit denen er täglich losfuhr, um Petroleum an die Leute zu verkaufen. Seinen Karren schmückte er mit Schutzversen aus dem Koran und mit einer Hand der Fatima aus Gips gegen böse Blicke. Im ersten Jahr des Irankrieges musste er uns und seinen Job verlassen und als Soldat einen Panzer an der Front fahren. Obwohl im Innenraum seines Panzers auch eine metallene Hand der Fatima hing, erreichten ihn die bösen, die feurigen Blicke. Die Rakete eines iranischen Soldaten traf Vaters Panzer, und er starb. In einem mit der Nationalflagge bedeckten Sarg kehrte er zurück.

Nach meinem Abschied von der Schule musste ich arbeiten und Geld nach Hause bringen. So tun es die Männer, predigte meine Mutter. Doch viele Arbeitsmöglichkeiten gab es nicht. Was sollte ein junger Bursche anfangen, der aus einer armen Familie stammt und nicht einmal die Mittelschulprüfung bestanden hat? Neben dem Petroleumverkauf oder der Arbeit auf einer Baustelle war auch die Tätigkeit als Sekin – Busfahrerhelfer – ein einfacher Job, den ich sofort antreten konnte. Ich entschied mich für diese Arbeit, weil ich den Beruf meines verstorbenen Vaters nicht mochte und weil mir die Arbeit auf dem Bau, die ich zweimal ausprobiert hatte, körperlich zu anstrengend war. Von nun an musste ich also den ganzen Tag mit dem Busfahrer Safi Hamza verbringen, von morgens bis abends. Ich kümmerte mich um die Fahrkarten, putzte den Toyota Coaster und erledigte alle Kleinigkeiten, die der Fahrer ungern tat. Doch Busfahrerhelfer zu sein ist nicht der Traumjob, den man sich vorstellt. Schließlich bedeutet »Sekin« im Irak auch »Boy« oder »Schwuchtel«. Ich musste jeden Tag, wenn mein Chef Safi eine Pause einlegte, am Straßenrand sitzen und warten. Mittags ging er mit den anderen Fahrern essen, Kebab oder gegrillte Innereien mit Tomaten, Zwiebeln und frisches Fladenbrot. Wir, die Sekin, die unfreiwilligen Pflanzenfresser, mussten draußenbleiben und sollten uns von Falafel oder Auberginen ernähren. Oft riefen sie »Schwuchtel« hinter uns her, manchmal machten sie Witze über uns, einige von uns mussten sogar für die Fahrer singen und tanzen, damit die sich während des Essens nicht langweilten.

Ich stellte mir oft vor, dass ich irgendwann einmal Safi Hamza verprügeln würde. Ich tat es aber nie, auch nicht, als ich schon Polizist war und keiner in meiner Anwesenheit mehr das Wort »Schwuchtel« benutzte. Ich rächte mich jedoch auf meine Art. In Uniform oder in Zivil, mit der Pistole an der linken Hüfte, tauchte ich alle paar Wochen am Busbahnhof auf. Wenn Safi mich erblickte, rannte er sogleich zu mir, salutierte wie ein Soldat und räumte irgendeinen Stuhl oder Hocker frei, damit ich mich setzen konnte. Jedes Mal genoss ich es zu sehen, wie Safi katzbuckelte und alles versuchte, damit ich, sein ehemaliger Boy, mich wohlfühlte. Manchmal verspürte ich eine unbändige Lust, ihm einfach in seine bösartige Fresse zu spucken. Ich tat es aber nicht. Es genügte mir, dass Safi und einige Fahrer mich fürchteten, und ich empfand Genugtuung, wenn sie mir, den sie früher mit ein paar Auberginen am Straßenrand abspeisten und für sich tanzen ließen, mir jetzt vorauseilend einige Dinar-Scheine in die Hosentasche steckten, mit den Worten: »Bitte, für die lange Freundschaft.«

Unglaublich, aber wahr: Wenn die Menschen sich schwach fühlen, werden sie freundlich und zugänglich. Das habe ich immer wieder mitbekommen, seit ich Polizist bin. Selbst die Mädchen meines Viertels, die mich früher gemustert hatten, als wäre ich ein bejammernswerter Esel oder ein lebloser Stein, warfen mir in meiner Uniform ganz andere Blicke zu. Plötzlich fühlte ich mich wichtig und begehrt. Anfangs wunderte ich mich jedes Mal aufs Neue, wenn sie mich anlächelten. Selbst die hübsche Zahra, die früher meinen Gruß einfach übersehen hatte, begann plötzlich, mir einen »Guten Tag« zu wünschen. »Keine Frau wird dich in Zukunft abblitzen lassen, wenn du sie heiraten willst«, sagte meine Mutter, die ihren unendlichen Stolz auf mich offen zeigte. »Polizist bist du nun, mein Sohn. Du bist die Regierung! Sag nur, welche Frau du willst, ich bringe sie dir nach Hause, ich will ja deine Kinder sehen, bevor ich sterbe.«

So half mir meine Polizeiuniform dabei, Zahra zur Frau zu bekommen, was ich früher nicht einmal im Schlaf erträumt hatte. Ich musste nur ihren Namen aussprechen, schon sagte meine Mutter: »Warte ab! Ich erkundige mich nach ihrem Ruf und dem ihrer Familie und gebe dir dann gleich Bescheid, ob es möglich ist.« Tatsächlich fand sie jede Kleinigkeit heraus. »Zahra ist Jungfrau, ihr Vater ist Bäcker, die Familie hatte nie Probleme mit dem Staat, keiner sitzt im Gefängnis oder so. Alles ist perfekt.« Nach zwei Wochen fand die Verlobung statt und schon drei Monate später die Hochzeit. Sechs Wochen danach zog ich um, verließ meinen Geburtsort Saddam City und ließ mich in einem besseren Viertel nieder.

Der Tag, an dem ich Saddam City verließ, war mein wahres Freudenfest. Wer in Bagdad besser leben will, sollte diesen Ort meiden. Die City ist das ärmste Viertel der Stadt. Erhält jemand die Gelegenheit, irgendwo anders zu leben, ist es, als würde ihm ein neues Leben geschenkt.

Mir kommt ein Tag im August in Erinnerung, aus meiner Zeit als Sekin. Am Busbahnhof im Bab-A-

Sharqi, dem Osttor in Bagdad, konnte man den lärmenden Autogeräuschen nicht entgehen. Der Asphalt brannte wie Glut unter der Asche. Staub begrüßte alle, überall. Die Sonne baumelte am Himmelszelt, schlug wie ein Monster mit tausend feurigen Armen auf die Erde ein und brachte die Luft zum Glühen, bis sie einem den Atem nahm. Dem Bahnhof fehlte das Dach, sodass wir der brennenden Sonne ausgesetzt waren. Die Metallwände reflektierten die Sonnenhitze auf den Asphalt. All das ähnelte einem großen Lagerfeuer.

Als Sekin musste ich vor dem Bus wie ein Marktschreier brüllen: »Saddam City, Richtung Joader! Noch freie Plätze. Schnell, bevor wir losfahren!« Die Leute wirkten erschöpft. Fast alle litten fürchterlich unter der Hitze. Jeder versuchte, irgendeinen sonnengeschützten Platz zu ergattern, den Schatten eines Wagens oder einer Mauer. Diejenigen, die immer noch frisch aussahen, waren in der Minderheit: ein Mädchen mit einem Stapel Papier in der Hand. Ein großer Mann mit einer schwarzen, glänzenden Kunstledertasche. Ein kleinerer mit gestreifter Krawatte. Eine Frau mit langen roten Haaren. Eine weitere mit einem schwarzen Gewand und einem Schleier, der nur ihre Augen unverhüllt ließ. Eine mit einem Minirock und großem Hintern, grell geschminkt und von allen Anwesenden ausgiebig beäugt, ehe sie in einen der Busse stieg.

Die Händler dagegen waren weder erschöpft noch richtig fit, aber immer damit beschäftigt, neue Kunden anzulocken. Alle hielten zum Schutz große

Sonnenschirme, standen vor ihren Waren und warben ohne Unterlass um Kundschaft. Die Kaltwasser-, Getränke-, Zigaretten-, Sonnenblumenkern-Verkäufer...

Safi saß am Steuer und trank ständig aus seiner Wasserflasche, und ich wartete ungeduldig auf die baldige Abfahrt. Noch immer war der Bus nicht voll. Dann, wie aus dem Nichts, vermehrten sich die Reisenden. Etwa hundert junge Männer, alle in Khaki-Kluft, übermüdet und miserabel gelaunt, suchten die Busse nach Saddam City, in die beiden großen Stadtteile: Joader und Dachel.

Ich wollte gerade »Richtung Joader« rufen, da stellte sich ein junger Sekin vor mich. Er breitete seine Arme im 180-Grad-Winkel aus, genau wie Jesus am Kreuz, zeigte auf die Busse nach Joader und nach Dachel und brüllte plötzlich: »Saddam City: Joader – Hiroshima, Dachel – Nagasaki. Schnell! Bewegt euch! Hiroshiiiiiima, Nagasaaaaaaki...« Ich und einige andere sahen den Burschen verwundert an, weil wir nicht wussten, was Hiroshima und Nagasaki sein sollte. Andere Leute lachten und gingen weiter ihres Wegs.

Noch am selben Tag erfuhr ich die Bedeutung der Wörter und hörte das erste Mal von den amerikanischen Atombombenabwürfen auf Hiroshima und Nagasaki in Japan am Ende des Zweiten Weltkriegs im August 1945. Und die Verwandlung der beiden Stadtteile von Saddam City in zwei bombardierte japanische Städte auf der Zunge dieses merkwürdigen jungen Busfahrerhelfers geschah ebenfalls im August. Der seltsame Sekin stieg in seinen Bus, als der mit Passagieren gefüllt war, und verschwand. Danach habe ich ihn nie wieder gesehen.

Der Umzugstag war für mich also der Beginn des neuen Lebens, das ich immer ersehnt hatte. Nicht in Joader beziehungsweise in Hiroshima bleiben zu müssen, dafür war ich zu kämpfen bereit. Und nie wieder dorthin zurückkehren zu müssen, danach strebe ich weiter, seit ich Polizist geworden bin ...

Immer wenn ein politisch aktiver Mann verhaftet wird, verschwindet er aus dem Leben, aus seinem Viertel. Keine Nachricht. Man erfährt nicht, wo er sich aufhält. Die Angehörigen solcher jungen Männer, die bereit sind, alles zu tun, um ein Lebenszeichen von ihren Kindern zu erhalten, sind das beste Geschäft der Sicherheitspolizei. Das merkte ich schnell. Der erste Fall, den ich bearbeitete, brachte mir Geld und einen guten Ruf in meinem Hiroshima. In diesem eher harmlosen Fall musste ich nur einer Nachbarsfamilie mitteilen, in welchem Gefängnis sich ihr verhafteter Sohn befand. Für diese Information verlangte ich 800 Dollar. Von Anfang an wusste ich, wo der Junge saß. Die Haftanstalt Rassafa, in der ich arbeite, ist zuständig für die Verdächtigen aus Saddam City. Nach der Verhaftung müssen sie für Tage, Wochen, Monate oder gar Jahre dorthin. Trotzdem ließ ich die Eltern des Jungen eine Woche warten, bis ich ihnen schließlich mitteilte: »Rassafa.« Mit dieser Auskunft begann automatisch das nächste Geschäft mit der betroffenen Familie. »Welcher Offizier ist für den Jungen verantwortlich?« Ich vermittelte zwischen dieser Familie und meinem Unteroffizier, mit dem ich seitdem solche Geschäfte betreibe. Ich kassierte nochmals 400 Dollar. Was später aus dem Jungen wurde, erfuhr ich erst viel später, als sein Vater zu mir kam, sich bei mir bedankte und mir mitteilte, dass der Sohn inzwischen im Ausland sei.

Eine zweite Möglichkeit, Geld zu verdienen, tut sich immer wieder auf und ist noch weniger aufwändig. Viele Angehörige möchten ihrem verhafteten Jungen Kleidung und Essen schicken. Dafür nehme ich nur 200 oder 100, manchmal sogar nur 50 Dollar. In Wirklichkeit ist diese Art Hilfe undurchführbar. Ein Wächter, der den Häftlingen solche Dinge zusteckt, wird hart bestraft, wenn man ihn erwischt. Einmal war ich dabei Zeuge. Ein Aufseher, der einem der Gefangenen ein Stück Fladenbrot gegeben hatte, wurde ertappt und stundenlang mit dem Elektroschock-Gerät gefoltert und gequält. Deswegen verschenke ich die guten neuen Kleidungsstücke immer an meinen Unteroffizier oder meinen Kollegen, und gebrauchte Kleidung schmeiße ich in den Fluss. Abgegebenes Essen teile ich mit den anderen Gefängniswärtern.

Meine Mutter Nejla muss jetzt nicht mehr viel Geld verdienen. Früher arbeitete sie viel, damit wir, meine zwei Geschwister und ich, überleben konnten. Ich empfand immer etwas Scham, wenn ich sie bei der Arbeit sah. Ich wollte, dass sie es sich, wie die alten Frauen der besseren Wohngegenden, zu Hause gemütlich macht und nur schöne Dinge tut. Früher hat sie Hochzeitstänze und Trauerfeiern animiert oder politische Demonstrationen. Was die Tanzanimation anbelangt, so ging es dabei um Hochzeiten, die üblicherweise auf dem Hauptplatz des jeweiligen Wohnblocks stattfanden. Inmitten der Stühle, unter dem hellen Licht vieler Laternen, die um den Festplatz hingen, begann meine Mutter wie eine Wahnsinnige vor den Gästen und dem DJ herumzuspringen und zu tanzen. Am Anfang wagten es die Gäste nie, sich von ihren Stühlen zu erheben, ihre Hinterteile klebten an ihnen wie an Pistazienhonigplätzchen. Mit allen Mitteln versuchte meine Mutter, sie zum Tanzen zu animieren, obwohl sie eigentlich überhaupt nicht tanzen konnte. Sie hüpfte und tippelte aufgeregt umher, jubelnd wie eine ganze Schulklasse, wenn keine Hausaufgaben gegeben werden, und schaffte es irgendwie, die Leute mit ihrer guten Laune anzustecken. Nicht zuletzt deshalb, weil sie viele aufgrund ihres Alters zum Lachen brachte. »Schau, die alte Schachtel, wie sie tanzt!« Wenn die Gäste begeistert klatschten, spornte sie das an, noch wilder und fröhlicher zu tanzen, bis alle schließlich selbst anfingen, zaghaft mit den Füßen zu wackeln oder auf den Stühlen zu schunkeln. An diesem Punkt hatte sie ihre Aufgabe erfüllt. Die Hochzeitsgesellschaft machte dann damit weiter, womit meine Mutter begonnen hatte. Gegen Ende der Feier ging meine Mutter zu den Eltern des Brautpaares und gratulierte ihnen. Da die Menschen an einem solchen Festtag sehr großzügig sind, bekam sie jedes Mal durch Spenden ein gutes Honorar.

Ähnliches galt auch für die Trauerfeiern. Wenn jemand gestorben war, ging sie, ganz in Schwarz gekleidet, zum Trauerort, meist das Haus der Familie des Verblichenen, und schrie, bevor sie eintrat: »Oh Bester aller Besten, oh Großzügigster aller Großzügigen, oh Liebster aller Lieben … Ohne dich wird das Leben armselig und schändlich sein …« Das tat sie bei jedem, unabhängig davon, ob der Tote ein guter oder schlechter Mensch war. Wenn die Angehörigen des Verstorbenen solche Lobgesänge hörten, fingen sie natürlich an zu weinen. Erst wenn alle Frauen geweint hatten und keine Tränen mehr flossen, hörte sie auf. Das tat sie drei Tage lang, bis die Trauerzeit vorüber war. Jeden Abend, wenn sich die Besucher verabschiedeten, erhielt sie von der Familie des Verstorbenen einen vollen Topf Essen und am letzten Tag auch Geld, um dafür zu beten, dass Gott dem Toten seine Sünden verzeihe.

Demonstrationsanimation hingegen war ein sehr einfacher Job. Wenn die Regierung ein Fest feierte, etwa den Geburtstag des Präsidenten, den Tag der Gründung der Armee oder die Geburt einer Tochter des Sohnes des Onkels der Frau des Präsidenten, was nahezu wöchentlich stattfand, kamen die Baathisten des Viertels zu meiner Mutter. Sie folgte ihnen zum Ort der Feierlichkeiten, die häufig auf dem Sahat Al-Ihtifalat Al-Kubra – Platz der großen Feier – im Zentrum Bagdads stattfanden, und musste ein Plakat tragen, auf dem irgendetwas Lobenswertes über den Präsidenten geschrieben stand. Manchmal musste sie ein T-Shirt überziehen, auf dem die irakische Flagge oder die irakische Landkarte abgebildet war. Zusätzlich musste sie marktschreierisch den Präsidenten loben, und sie schrie so laut wie möglich: »Unser Geliebter, unser Beschützer, unser Führer, Du sollst leben, und wir opfern uns für Dich...« Oder: »Krieger aller Krieger, Führer aller Führer, führe uns zu den Sternen!« Die Anwesenden mussten entweder einstimmen oder sie wurden sofort verhaftet. Das übliche Prozedere. Dafür gaben die Regierungsleute meiner Mutter jedes Mal einen Batzen Geld. Auf diese Art und Weise schaffte sie es, ihren Kindern alles zu bieten, was wir brauchten. Und sie war überglücklich, als sie mich endlich in meiner Uniform sah...

Meine Mutter hat mit diesen Jobs aufgehört, weil ich ihr es verboten habe. Nun hockt sie daheim und wartet auf meine Kunden, die Angehörigen der Gefangenen, als wäre sie meine Assistentin. Gleichzeitig glaubt sie fest daran, dass ich den Menschen helfe, die Hilfe brauchen. Das tue ich auch. In den ersten Jahren wünschte ich mir vor allem eine neue Wohnung außerhalb von Saddam City, ein Auto und eine hübsche Frau. Das waren meine Träume, und mehr wollte ich nicht. Nach einigen Jahren waren sie erfüllt.

Seit einigen Monaten bin ich nun Brief-Kontrolleur. Dieser Job gleicht einer echten Goldquelle. Meine Sesam-öffne-dich-Türen sind jetzt die Frauen, denn zuerst lese ich die Briefe, die an Frauen adressiert sind. Solche Briefe bringen mir viel Geld ein. Ich bedrohe die Leute, dass ich sie bei der Polizei anzeigen werde, wenn sie nicht bereit sind, für mein Schweigen zu bezahlen. Wenn es um Frauen geht, sind die Männer bereit, alles zu tun, und sie sagen nur einen Satz: »Bitte, es geht um unsere Ehre!« Das weiß ich natürlich, und dadurch mache ich die besten Geschäfte meines Lebens. Letzte Woche bedrohte ich eine Frau namens Bouchra. Sie erhielt einen Brief aus Amman, den ich natürlich vorher gründlich gelesen hatte. Ihr Mann, ein politisch Verfolgter, versprach ihr zu helfen, illegal nach Jordanien einzureisen.

»1500 Dollar!«, forderte ich von ihr.

»Ich habe kein Geld!«

»Dann werde ich den Brief weiterleiten. Ich will nicht wissen, was die Sicherheitspolizei dann mit dir anstellt.«

»Betrachte mich bitte als deine Schwester! Ich besitze nur 500 Dollar und kann noch 100 besorgen. Mehr ist unmöglich.«

»Nur 600 Dollar? Es geht um dein Leben!«

»Ich schwöre bei Gott, dass ich nicht mehr habe.«

»Okay. Dann unterbreite ich dir ein Angebot. Du bringst die 600, musst den Rest aber anders bezahlen. Weiß du, was ich meine?«, sagte ich und zwinkerte mit dem rechten Auge.

Die Frau schwieg.

»Morgen warte ich auf dich vor dem Karama-Hotel – Hotel Hochachtung – in der Sadwoun-Straße im Zentrum. Um 19 Uhr. Wenn du nicht auftauchst, dann – du weißt schon!«

»Bitte! Ich bin eine verheiratete Frau! Meine Ehre! Bitte!«

»Alles bleibt unter uns! Überleg es dir! Oder die vollständigen 1500 Dollar!«

Am nächsten Tag stand Bouchra tatsächlich vor dem Hotel Hochachtung. Sie kam jedoch nicht allein, ihr Vater begleitete sie. Der alte Mann bot nun doch 1100 Dollar, alles, was sie zusammenkratzen konnten. Also 400 Dollar Verlust! Ich nahm das Geld an, gab ihnen den Brief und sagte zu Bouchra: »Die Antwort kannst du einfach im Tahrir-Import-Export-Büro abgeben. Ich kümmere mich um den Rest.« Und tatsächlich meldete ich den Fall nicht meinem Chef.

Nun öffne ich einen weiteren Brief: »Mama, ich vermisse Dich!« Das ist der Anfang? Was soll das Ende sein? Ich will Milch aus deinen Brüsten? Ich werfe das Papier in die Ecke, weil er nur unwichtige Informationen enthält.

Die Adresse des nächsten Briefes kommt mir merkwürdig vor: »Samia Michael, Joader – Saddam City, Block 58, die Straße gegenüber der Al-Thoura High-School (bitte den Hausmeister der Schule fragen!), Bagdad, Irak.« Das ist meine Gegend! Früher habe ich dort gewohnt. Samia Michael? Kenne ich nicht. Ist sie eine Christin? Ja, bestimmt. Michael ist ein christlicher Name, denke ich. Doch im Block 58 wohnen eigentlich fast nur Kurden. Handelt es sich vielleicht um eine kurdische Christin? Das ist wirklich sehr interessant und seltsam! Christen beschäftigen sich mit anderen Dingen, aber nicht mit Politik. Noch nie habe ich einen Fall gehabt, in den ein Christ verwickelt war. Samia Michael? Ganz sicher ist sie eine Christin.

Vielleicht ist sie eine gute Beute? Entweder Geld oder eine Bettgeschichte? Christliche Männer haben genug Geld, arbeiten hier als Alkoholverkäufer, Autohändler, Clubbesitzer, Zuhälter, die Frauen sind oft

Ärztinnen, Tänzerinnen, Huren, Kellnerinnen oder Schauspielerinnen, sehen richtig sexy aus: pralle Ärsche und immer halbnackt angezogen, wie die geilen Frauen in den Modezeitschriften. Ich habe nie in meinem Leben eine irakische Christin gefickt. Hoffentlich hat diese Frau politischen Mist gemacht. Vielleicht ist es auch ein guter Fall für Oberst Ahmed? Eine Christin, die Politik betreibt. Das wäre ein Superfall.

Ich öffne den Brief.

Du lasest einen Brief von mir.
Wie sehr ich ihn beneide!
O wär mein Körper das Papier
Zu deiner Augenweide.
Muhammad Al-Mutamid Ibn Abbad

Liebe Samia,

wir werden uns immer finden, sogar auf dem Friedhof. Erinnerst Du Dich an diesen Satz? Ich habe ihn nie vergessen, denke gerade daran und vermag meine Tränen nicht zurückzuhalten. Vor ungefähr drei Jahren lagen wir beisammen, bei mir zu Hause, auf dem blauen Sofa, das Du die Faulheitsecke nanntest, weil es so bequem war. Nackt lagen wir darauf. Ich streichelte deinen Rücken, erblickte das Muttermal auf Deinem Hintern und erzählte, ich hätte ein ebensolches zwischen meinem Glied und den Eiern. Neugierig betrachtetest Du es und freutest Dich darüber wie ein Kind. »Herrlich!«

Ich erzählte Dir, dass man im Islam glaubt, Muttermale wären Grablichter für gute Menschen, Lichter in der Dunkelheit und der Unheimlichkeit des Grabes.

Plötzlich strahlten Deine Augen, als ob Du endlich gefunden hättest, was Du immer bei mir gesucht hast. Du blicktest mir in die Augen: »Ihr Muslime seid echt komische Leute mit Euren Geschichten! Bedeutet das, Dein Penis wird glänzen und leuchten, für immer? Auch nach dem Tod? Und mein Hintern ebenfalls? So werden wir uns keinesfalls aus den Augen verlieren, nicht einmal im Grab?!«

An diesem Tag lachten wir pausenlos, Liebste.

Das Schönste in meinem jetzigen Leben sind meine Erinnerungen an Dich, an unsere Geschichte, unsere Gespräche und unsere unvergleichlichen Nächte. Und der Rest? Was soll ich erzählen? An schlechten Tagen sagte meine Mutter oft: »Aus diesem Leben werden wir nur die Müdigkeit mitnehmen.« Und ich? Ich fühle mich unendlich müde. Dabei denke ich an einen anderen Satz meiner Mutter: »Das Meer ist nirgendwo. Es ist in uns. Wir müssen es in uns entdecken, nur in uns.« Klingt das kitschig? Doch sind naive Vorstellungen nicht die schwierigsten im Leben? Wer lässt sich von ihnen überzeugen? Wir neigen dazu, alles kompliziert zu betrachten und zu deuten. Welt und Leben zu vereinfachen ist eine Kunst, die nicht jeder beherrscht. Und die Künstlerinnen, die mein Leben vereinfachen und erträglich machen, seid Ihr, meine Mutter und vor allem Du. Ihr seid zurzeit das Meer, das in mir schäumt. Ohne meine Erinnerungen an Euch ertrüge ich das Leben im Exil nicht.

Wie geht es meiner Mutter? Besuchst Du sie? Krank und schwach fühlte sie sich, als ich das Land verließ. Ich bete, dass sie noch unter uns weilt ...

Schatz, ich bin in Afrika, und halte mich zurzeit in

Libyen auf. Wie ich hier gelandet bin, ist eine lange Geschichte, und es ist kein guter Zeitpunkt, um eine lange
Geschichte zu erzählen. In diesem Land ist alles anders,
als wir es aus dem Irak kennen. Ich lebe aber, und das
ist das Wichtigste. Und Du? Ich kann mir nicht vorstellen, wie es Dir gehen mag, woran Du denkst, wie Du Dich
fühlst.

Es tut mir sehr leid, dass Du seit zwei Jahren keine
Nachricht von mir bekommen hast. Ich habe die ganze
Zeit nach einer Möglichkeit gesucht, Dich zu erreichen,
habe aber nichts finden können. Wöchentlich habe ich einen Brief an Dich verfasst, eigentlich schon ein ganzes
Buch mit Briefen an Dich geschrieben. Erst vor kurzem
erfuhr ich von diesem Postweg und hoffe nun, dass Du
diesen Brief tatsächlich erhältst. Das ist die einzige Gelegenheit, die ich habe.

Schatz, was sich damals an der Universität ereig-
nete, kam für uns alle unerwartet. Ich kann mir nicht
vorstellen, dass einer von uns die Schuld trägt. Ich
hoffe, Dir ist damals tatsächlich nichts passiert. Soweit
ich weiß, hat keiner der Jungs Deinen Namen oder den
der anderen Mädchen in irgendeiner Form erwähnt. Ich
habe keine Ahnung, ob Du weißt, dass ich damals nur
Glück gehabt habe. Ich habe nichts Falsches gemacht
und keinem Menschen wehgetan. Meine Probleme wurden schnell gelöst, weil mein Onkel mir rechtzeitig geholfen hat. Danach ging ich ins Ausland.

Ich bin immer noch derselbe Mann, den Du geliebt
hast. Unverändert, und ich liebe Dich noch immer. Das
musst Du mir glauben. Die ganze Welt ist mir ziemlich
egal, auch ob die anderen mir glauben oder nicht. Allein

Du bist mir wichtig. Du kennst mich. Mit meinem Herzen stand ich immer nackt vor dir.

Es ist wirklich traurig, all diese Dinge hier auf diese Art und Weise aufzuschreiben, das weiß ich. Traurig für Dich, und auch für mich. Trotzdem erleichtert mich das Gefühl, mir jetzt das Wichtigste von der Seele geschrieben zu haben. Zwei Jahre habe ich nach einer Möglichkeit gesucht, einen Brief an Dich zu schicken. Jetzt habe ich es geschafft. Trotzdem kann ich unmöglich alles aufschreiben.

Nun muss ich wieder über uns lachen. Wie kann man noch lachen? Ich weiß es nicht, aber ich tue es gerade. Früher dachte ich, wir müssten Probleme bekommen, weil Du Christin bist und ich Muslim. Stattdessen hat uns vor zwei Jahren dieser Wahnsinn heimgesucht. Seit jener Zeit konnte ich Dir nicht einen einzigen Brief schicken. Ich muss lachen, weil ich nun weiß, dass religiöser Zwist tausendmal erträglicher ist als das, was wir gerade erleben.

Die Glaubwürdigkeit unserer Geschichte besteht vermutlich darin, dass sie weder glaubwürdig noch unglaubwürdig ist. Sie ist eben nur eine mesopotamische Geschichte.

Ich liebe Dich so sehr, dass es mir wehtut.

Dein Salim
Donnerstag, 30. September 1999

Sechstes Kapitel

✼

Ahmed Kader, 34 Jahre alt, Oberst
Freitag, 8. Oktober 1999
Bagdad, Irak

✼

Urlaub hin oder her, ich muss arbeiten, auch wenn ich zu Hause bin. Vermutlich verbringe ich die nächsten Tage viel Zeit in meinem Arbeitszimmer. Meine Frau Miriam wird diese Situation nicht mehr lange ertragen, da bin ich mir sicher. In letzter Zeit reden wir kaum miteinander. Seit Wochen schlafe ich nur noch selten mit ihr. Es bleibt nicht einmal Zeit, eine Stunde mit meinen Töchtern zu spielen. Es ist höchste Zeit, dass wir mal wieder etwas gemeinsam unternehmen. Dieses Jahr haben wir sogar den ganzen Sommer in Bagdad verbracht, die einzigen Erlebnisse waren Temperaturen bis fünfzig Grad, brennende Sonne und zahlreiche Staubstürme. Schuld daran, dass ich in Bagdad bleiben muss, ist ein hässliches amerikanisches Mädchen, das Monica Lewinsky heißt. Seit sie im letzten Jahr mit dem Präsidenten der USA Bill Clinton gefickt hat, haben die Iraker keine Ruhe mehr. Zeitgleich mit dem Beginn des Amtsenthebungsverfahrens gegen Clinton führte dieser Frauenheld – als Ablenkung – einen Krieg gegen unser Land. So ist es eben, die Amerikaner ficken und amüsieren sich, und wir sollen hier darunter leiden. Der Krieg »Operation Desert Fox« im Dezember 1998 war schon nach vier Tagen beendet. Tatsache ist aber, dass bis heute die Luftangriffe der USA und Großbritanniens nicht aufgehört haben. Immer wieder, fast einmal monatlich, schießen ihre Maschinen auf irakische Militärstellungen oder manchmal auch auf Zivilisten. Hinzu kommt, dass das Chaos im Land zunimmt. Seit dem Tod eines der schiitischen Imame, Sadiq As-Sadr, vor acht Monaten gibt es in vielen Städten Unruhe. Man wirft unserer Regierung vor, ihn umgebracht zu haben. Wir befinden uns also seit der Lewinsky-Affäre in einem nahezu ununterbrochenen Kriegszustand.

Wegen dieser verflixten Situation konnte ich mit meinen drei hübschen Frauen diesen Sommer nicht verreisen. Vielleicht wäre es versöhnlich, zum Jahresende in den Libanon zu fliegen und Neujahr in Beirut am Meer zu verbringen? Mal schauen! Doch jetzt muss ich unbedingt das Protokoll lesen, das mir mein Brief-Kontrolleur für Bagdad gesandt hat. Merkwürdiger Titel: »Christin, die Politik betreibt«.

Ich öffne den großen Umschlag, hole den Bericht heraus und beginne zu lesen:

Irakische Republik

Innenministerium
Sicherheitsbehörde
Sicherheitsbehörde Bagdad – Rassafa

Vertraulich und dringend

Nr. 3454327
Betreff: Information
An die zuständige Abteilung

Nach aufmerksamer Lektüre dieses Briefes, der als Anhang beiliegt, gelange ich zu der Erkenntnis, dass es sich bei der Briefempfängerin Samia Michael vermutlich um eine als verdächtig einzustufende Person handelt, die über Kenntnisse zu weiteren verdächtigen Personen verfügt. Ich empfehle die Einleitung polizeilicher Maßnahmen.
Mit freundlichen Grüßen

Unterschrift: K.
Bagdad, 7. Oktober 1999

Es sind nicht die Christen, die mir Sorgen machen, jedenfalls nicht die im Inland. Es gibt zurzeit Wichtigeres. Um diesen Brief kümmere ich mich später. Da liegt noch das Protokoll »Konferenz der irakischen Opposition in New York«. Der Vorsitzende des Außenministeriums gab es mir eigenhändig vor einer knappen Woche. Er meinte: »Wir sollten bald darüber reden, mit dem Präsidenten höchstpersönlich. Bitte dringend Informationsbeschaffung!« Heute kam zudem eine Liste mit den Namen einiger Exiliraker, die an dieser Konferenz teilnehmen sollen. Die Amerikaner haben alle irakischen Oppositionellen im Exil, von den Kommunisten bis zu kleinen schiitischen und kurdischen Parteien, kontaktiert und wollen sich Ende November dieses Jahres in einem Hotel in New York mit ihnen zusammensetzen, um zu besprechen, wie man einen Krieg gegen den Irak führen kann, um das Ende von Saddams Regierung zu bewerkstelligen.

Der Termin rückt näher. Diese Verräter! Auch wenn sie uns, den Präsidenten und die Al-Baath-Partei hassen, dürfen sie nicht zu den abendländischen Feinden überlaufen und das ganze Land an sie verschachern. Eunuchen! Qualvollen hundertfachen Tod verdienen diese winselnden Hunde, stinkenden Söhne trächtiger Kanalratten. Glauben sie wirklich, dass die Amerikaner hier einmarschieren, die Regierung austauschen und das war's, der ganze Irak verwandelt sich in ein Paradies? Ihr seid ausgemachte Idioten!

Das Telefon klingelt.

»Ja.«

»Oberst Ahmed Kader?«

»Am Apparat.«

»Hier ist das Büro des Präsidenten.«

»Schönen guten Tag.«

»Guten Tag, Herr. Sie sind heute Abend eingeladen. Der Präsident erwartet Sie um 20 Uhr in seinem Haus!«

»Ja.«

»Um 18 Uhr erscheint der Fahrer bei Ihnen und holt Sie ab!«

»Ich werde ihn erwarten.«

»Auf Wiederhören, Herr.«

»Auf Wiederhören.«

Was mag nun wieder passiert sein? Gibt es ein neues internationales Problem? Oder geht es um die New Yorker Konferenz? Der Präsident hat bestimmt schon davon erfahren. Unser Treffen war eigentlich für nächste Woche vorgesehen. Wenn die Konferenz heute nicht angesprochen wird, muss ich das Thema meinerseits einbringen. Niemand will sich ernsthaft damit beschäftigen. Sie reden alle um den heißen Brei herum und meinen, hier im Land gäbe es genug zu tun. Dabei drängen diese Leute im Ausland auf einen Krieg! Wir täten gut daran, das endlich ernst zu nehmen! Ich bin wirklich sehr gespannt, was der Präsident sagt!

Das erste Mal bin ich unserem Staatsoberhaupt, Saddam Hussein, im Haus meiner Familie in Ramady persönlich begegnet. Mein Vater, Kader Al-Rubaiy, bekam damals Besuch von dieser bedeutendsten Persönlichkeit des Irak. Als ich meinen Vater fragte, woher er ihn kenne, erwiderte er, sie seien seit ihrer Kindheit miteinander befreundet. Mein Vater hatte mir zuvor selten etwas aus seiner Vergangenheit erzählt. Immer, wenn ich mich danach erkundigte oder wissen wollte, wie sie es geschafft haben, an die Spitze der Macht zu gelangen, wiederholte er anstelle einer Antwort den ewig gleichen Satz: »Wir haben viel gekämpft. Seit wir in den Bäuchen unserer Mütter sind, kämpfen wir, das ganze Leben.«

Ich besuchte damals die sechste Klasse der Grundschule. Saddam war bereits zwei Jahre am Gipfel der

Macht und Staatspräsident, und der Irak-Iran-Krieg war seit einem Jahr in vollem Gange. An jenem Tag trug ich meinen eleganten schwarzen Anzug, den mir mein Vater an meinem zwölften Geburtstag geschenkt hatte. Wie alle Kinder und Frauen der Familie sollte ich schick und adrett gekleidet in der Küche antreten und die Aufforderung abwarten, Onkel Saddam im Wohnzimmer zu begrüßen und seine Hand zu küssen. Als ich endlich an die Reihe kam, stand ich starr vor diesem großen Mann, reglos wie ein Möbelstück. Aber meine Augen musterten ihn aufmerksam, und ich war fassungslos, weil ich tatsächlich vor Saddam Hussein stand, dem Helden, dem Mutigen, dem großen Führer, wie mein Vater ihn allzeit lobpreiste. Derselbe Mann, den ich immer wieder im Fernsehen sah, dessen Fotografien ich täglich auf den ersten Seiten der Schulbücher und überall an den Wänden erblickte. Auch in unserem Wohnzimmer, dort, wo dieser Mann sich jetzt befand, hing sein Bild an der Wand, zusammen mit meinem Vater. Zwei junge Männer mit übergehängten Kalaschnikows auf den Schultern, mein Vater mit ernstem Blick, Saddam Hussein freundlich lächelnd. Unentwegt schaute ich diesen Menschen an, der mir gegenüber jetzt dasselbe Lächeln wie auf dem Foto in seine Mundwinkel zog. Auf einmal brüllte die Offiziersstimme meines Vaters: »Küss die Hand deines Herrn, du Esel!« Mich überfiel augenblicklich Panik, die unsichtbaren Wurzeln meiner Füße gruben sich in den Zimmerboden, und ich wusste nicht, wie ich mich verhalten sollte. Mein Blick pendelte hin und her zwischen der ernsten Miene meines Vaters und dem lächelnden Saddam, wie der verrückt springende Zeiger einer Uhr. Tränen stauten sich in meinen Augen, und es würde nicht lange dauern, bis sie herausflossen. Saddam war es, der die angespannte Stille unterbrach und laut auflachte. »Nein, Kader. Ich sehe hier im Raum keine eselsartigen Geschöpfe. Komm her, kleiner Junge!«, sagte er, noch immer lächelnd. Mein Vater befahl: »Los, geh!« Tatsächlich bewegten sich meine Beine und führten mich zu unserem Staatsoberhaupt. Er streichelte väterlich meine Wange. Dann hob er mich hoch und setzte mich auf seinen Schoß, küsste mich sogar auf den Kopf. »Wie heißt du?«, fragte der Präsident.

»Ich heiße Ahmed Kader Al-Rubaiy.«

»Ein wunderhübscher blonder Knabe«, sagte er anerkennend und schaute dann zu meinem Vater. »Wo hast du ihn her, Kader? Ein blonder Iraker-Junge?«

Vater und Saddam lachten lauthals, und auch die Leibwächter des Präsidenten fielen in die allgemeine Heiterkeit mit ein. »Keine Ahnung. Der Junge wurde blond und wie in Milch gebadet geboren. Hoffentlich wird er trotzdem ein echtes irakisches Herz bekommen.«

»Ganz sicher wird er das. Der kleine Löwe ist der Sohn des großen Löwen«, sagte Saddam und zeigte mit seinem Finger auf meinen Vater. »Er ist von dir, Kader. Das Löwenjunge eines wahren Löwen.«

»Oh, danke, Herr!«

Obwohl ich an jenem Tag noch eine schallende Ohrfeige meines Vaters kassierte, weil ich vergessen hatte, die Hand des Präsidenten zu küssen, war meine Familie sehr stolz, dass ihr Sohn auf dem Schoß des Präsidenten gesessen hatte. Von da an sprach die Familie immer wieder von diesem Ereignis.

Diese erste Begegnung mit dem Präsidenten blieb nicht die letzte in meinem Leben. Ein weiteres Zusammentreffen fand zufällig statt, im Jahr 1992. Im Jahr zuvor hatte ich Beirut, wo ich mein Politikstudium an der dortigen amerikanischen Universität abgeschlossen hatte, verlassen und musste anschließend gleich nach Hause zurückkehren. Der Kuwaitkrieg war gerade zu Ende, die »Mutter aller Schlachten«, wie der Präsident diesen Krieg nannte. Mein Vater, wie immer einsilbig, forderte am Telefon: »Komm zurück! Deine Familie braucht dich.« Ich verabschiedete mich aus dem Libanon mit der Aussicht, dass im Irak »eine große Aufgabe« auf mich wartete, wie es mein Onkel Murad Al-Rubaiy am Telefon formuliert hatte. Aber was für eine denn, bitte? Doch der Onkel wollte es nicht verraten.

Als ich zu Hause ankam, erfuhr ich, dass mein Vater bei Kämpfen in der Stadt Erbil von den kurdischen Rebellen angeschossen worden war. Im Land gäbe es einen Aufstand, erzählte man mir. Während dieser »Seite des Verrats im Buch der irakischen Geschichte«, wie der Aufstand offiziell hieß, versuchte mein Vater, der General der Nordstreitkräfte Kader Al-Rubaiy, die bewaffneten Kurden und Schiiten zu stoppen. »Die streunenden Hunde«, wie man die Aufständischen im staatlichen Fernsehen bezeichnete, gingen kurz nach Kriegsende im Norden und Süden des Landes auf die Straße, stürmten blitzartig die Militärkasernen und eroberten die Städte. Mein Vater blieb in Erbil, im Hauptquartier des Nordens, und kämpfte mit seinen Soldaten wie ein Löwe um seine Stellung. Viele hochrangigere Offiziere und Truppenführer taten dies nicht, sondern machten sich aus dem Staub, als »die Seite des Verrats« begann. Nachdem schließlich sogar seine Bodyguards geflohen waren, bereitete er die Flucht mit seinem Hubschrauber vor. Auf dem Weg zur Maschine wurde er angeschossen. Zwei Schüsse ins Bein.

Weinend beugte ich mich über das Bett meines verletzten Vaters. Sein Gesicht wirkte eingefallen und fahl. Abgemagert und traurig lag er da. Nie zuvor hatte ich ihn so gesehen. Er war immer stolz, kraftvoll und furchtlos gewesen. Oft hatte er behauptet, er hätte in seinem Leben niemals einen Arzt konsultiert. Jetzt kümmerten sich vier Ärzte um ihn.

»Diese schiitischen Affengesichter und diese kurdischen Ratten sind jetzt schwer bewaffnet«, sagte er mir. »Die Ratten werden vom Westen und die Affengesichter von den Iranern unterstützt. Dieses Mal geht es wirklich ums Überleben. Entweder wir oder sie. So leicht werden wir die Macht nicht abgeben. Dazu müssen sie schon über unsere Leichen marschieren. Und das erlauben wir ihnen niemals.«

»Jetzt ruhe dich erst einmal aus, Vater!«

»Lass mich zu Ende reden!«

»Entschuldige.«

»Die Söhne unserer Stämme versammeln sich. Alle unsere Männer bewaffnen sich, um unsere Herrschaft zu verteidigen. Auf dich wartet eine Aufgabe in der

Hauptstadt. Morgen musst du früh nach Bagdad fahren. Der neue Übergangschef der Sicherheitsbehörde erwartet dich. Es ist dein Onkel Murad. Er braucht dich dort. Lass mich stolz sein auf dich, wie immer, mein Sohn! Beflecke nicht das Gesicht unserer Familie mit der Farbe der Unehre!«

Obwohl ich lieber bei meinem Vater geblieben wäre, musste ich gehorchen und am nächsten Tag nach Bagdad reisen. Endlich sah ich die Hauptstadt wieder, Bagdad, das ich fast vier Jahre vermisst hatte. Doch alles war chaotisch, Teile der Stadt waren zerstört. »Schuld sind die amerikanischen Bomben und Raketen!«, erklärte Onkel Murad, der mir genauso erschöpft vorkam wie die ganze Stadt. Das hatte ich bei ihm noch nie erlebt. Immer schick angezogen und gut aussehend, so kannte ich Murad früher.

»Wir haben viel durchgemacht«, erzählte mein Onkel. »Zuerst der Kuwaitkrieg, jetzt sind die primitiven Kurden im Norden und die schiitischen Bauern im Süden aus ihren Löchern gekrochen. Richtige Menschen wollten wir aus diesem Abschaum machen, doch sie ziehen es vor, wie Tiere und Insekten zu leben. Die Amerikaner, die Iraner und die Verräter aus den Golfstaaten kämpfen gegen uns. Und unsere Landsleute nutzen das aus und zerstören das Land. Mein Gott, wir haben doch alles: Geld, Prestige und Stärke. Ich verstehe das wirklich nicht. Doch die Zeit der Rache ist gekommen. Wir werden sie jagen. Ich schwöre, dass ich jede kurdische oder schiitische Ratte, die ich erwische und die sich mit den amerikanischen Eunuchen, arabischen Arschlöchern oder iranischen

Hurensöhnen eingelassen hat, eigenhändig zu Tode prügeln werde.«

Ich schwieg, denn ich wusste um die Bedeutung der Worte meines Onkels. Murad war schon immer berüchtigt, keine Gnade zu kennen, wenn es um seine Vorstellung von Verrat und Ehre ging. Einmal hatte er sein Messer gezückt und seinem Schwager die Kehle aufgeschnitten, weil der seine Frau, Murads Schwester, »Tochter einer Hure« genannt hatte. Unendlich viele solcher Geschichten über die Heftigkeit und den Jähzorn meines Onkels kannte ich aus Erzählungen. Nun erlebte ich sie täglich. Früher, als ich klein war, waren wir oft zusammen auf Entenjagd gegangen. Nun jagte er Menschen. Und ich ahnte, dass ich ihnen folgen sollte, dass ich von nun an Menschen bestrafen müsste, die meinen Vater, meinen Onkel und den Rest meiner Familie zu vernichten trachteten.

Damals begriff ich nicht genau, was im Land vor sich ging, spürte aber die kritische Lage und sah, dass man hart und mit allen Kräften zuschlagen musste. Ich hörte es von allen Seiten. Der Aufstand dauerte nicht lange. Nur ein paar Wochen kämpften wir gegen die »streunenden Hunde«. Die anschließende Säuberung des Landes von den Verrätern dauerte dagegen Monate. In jener Zeit fand ich mich als Offizier in der Sicherheitsbehörde wieder. Eigentlich bestand meine Aufgabe nur darin, meinen Onkel Murad zu begleiten. »Von mir kannst du mehr lernen als an der Polizeiakademie«, sagte er mir. »Die kannst du später noch besuchen, wenn die Sache mit den kurdischen und schiitischen Bestien erledigt ist. Drei oder sechs Monate Ausbildung. Das regeln wir später.«

Von da an begleitete ich Murad in Bagdad überallhin. Alle Verdächtigen, die nicht geflohen waren, wurden festgenommen. Mich überraschte es wirklich außerordentlich, wie viele Menschen in verbotenen Parteien organisiert waren. In früheren Zeiten hatten die Leute, wenn es einen Anlass zum Feiern gab, auf den Straßen fröhlich gerufen: »Es lebe Saddam! Es lebe die Al-Baath-Partei! Gott, die Heimat und der Führer!« Mit einem Mal hatte sich alles geändert. Mir wurde klar, dass die ausländischen Mächte viele meiner Landsleute manipuliert haben mussten. Im Verhörraum erfuhr ich, wie viele irakische Gruppierungen finanzielle Unterstützung von den Amerikanern, den Iranern, den Syrern und den Saudis erhielten. Die Verdächtigen hatten im Verhör alles preisgegeben.

Obwohl mir die Methoden meines Onkels Probleme bereiteten, begriff ich schnell, dass sie die einzig wirksamen waren. Aus den ersten Verdächtigen, die ich selbst verhörte, hatte ich nicht viel herausbekommen. Murad jedoch bekam in Windeseile brauchbare Informationen, weil er die Häftlinge folterte. »Du kannst nur besser werden«, sagte er mir. »Vergiss alles, was du an der Universität gelernt hast, scheiß auf Moral und Objektivität! Das wahre Leben ist ein Kampf, den man mit Theorien von der Universität nicht gewinnen kann. Denk einfach daran, dass auch diese Hurensöhne dich foltern und vergewaltigen würden, wenn man ihnen die Möglichkeit gäbe!

Genau das haben sie bereits mit vielen unserer Männer während der ›Seite des Verrats im Buch der irakischen Geschichte‹ getan. Deinen Vater hätten sie beinahe umgebracht.«

Onkel Murad war immer mein Vorbild. Zugegebenermaßen fiel es mir manchmal schwer, seinen Jähzorn und seine Wutausbrüche zu verstehen. Einmal stritten wir uns sogar heftig, weil er etwas tat, das ich vollkommen übertrieben und unangemessen fand. Er bestellte einen Gefangenen zum Verhör, der uns zuvor sehr geholfen, alles preisgegeben und viele Namen seiner Parteimitglieder verraten hatte. Wir ernannten ihn zum Kapo der Haftanstalt, ein harmloser Kerl, fast sechsundzwanzig Jahre alt und bereit, alles zu tun, was wir von ihm verlangten. Als der Kapo im Büro vor uns und den anderen Offizieren stand, befahl ihm Murad: »Ich will Witze hören! Ihr Schiiten, Affengesichter, kennt gute Witze.«

Einer der Offiziere sagte: »Einen Witz über die Religion oder über die Schiiten und die Sunniten habe ich seit ewigen Zeiten nicht mehr gehört.«

»Kennst du so einen Witz?«, fragte Murad den Kapo.

Der Mann schwieg erst und meinte dann: »Ich kenne einen wahren Witz. Er ist aber hart.«

»Schieß los! Die Härte ist unser Beruf.«

»Okay, ich ging einmal mit meiner Mutter zur Imam-Al-Kadhum-Moschee in Bagdad. Damals war ich vierzehn Jahre alt. Nachdem meine Mutter gebetet hatte, rasteten wir im Schatten des Hofes. Ich hockte mich vor eine Säule und schaute den schönen

Tauben zu, die überall herumliefen, im Hof und auf der Kuppel und dem Dach der Moschee. Man nennt sie die Tauben des Imam. Die Imamtauben sind wild und leben überall. Meine Mutter erzählte mir, sie seien Heilige, vielleicht sogar Engel. ›Sie lassen niemals ihre Exkremente im Hof der Moscheen zurück. Oder siehst du hier irgendwo ihren Mist?‹ Sie hatte recht, der Ort war fleckenlos rein. ›Wohin scheißen sie denn?‹, fragte ich. Meine Mutter lächelte und sagte: ›Am anderen Ufer der Al-Aama-Brücke. Da hinten! Du kannst es von hier aus sehen! Dort steht die große Moschee eines sunnitischen Imams namens Abu-Hanifa Al-Numan. Die Al-Kadhum-Tauben fressen hier, dann fliegen sie hinüber zu Abu-Hanifa. Dort scheißen sie auf seine Moschee und kehren wieder hierher zurück.‹«

Darüber musste ich wirklich von ganzem Herzen lachen. Alle anwesenden Offiziere ebenfalls. Nur Murad schwieg und schaute dem schelmischen Kapo tief in die Augen. Nachdem wir uns vom Lachen erholt hatten, erhob sich Murad, zückte seinen Dolch und näherte sich dem jungen Mann, der ihn mit großen Augen erschrocken anblickte. Langsam legte er ihm den Dolch an den Hals, sagte »sehr witzig!«, zog die Klinge mit einer raschen Bewegung durch seine Kehle und ließ den Jungen zu Boden sinken. Blut quoll aus seinem Hals wie die Fontäne eines Springbrunnens. Sein schmächtiger Körper zitterte einige Sekunden und hörte dann auf, sich zu regen.

Ich war entsetzt und wünschte mich wieder in den Libanon zurück, in meine Studienzeit. Hätte ich doch nie wieder irakischen Boden betreten! Aber diese Gedanken, die mich in letzter Zeit öfter gequält hatten, verblassten am nächsten Tag wieder, als Murad sich bei allen Offizieren entschuldigte und versprach, im Verhör nie wieder solche Maßnahmen zu ergreifen.

Onkel Murad ist eigentlich ein netter Mensch. Er ist hilfsbereit, liebt seine Familie und erledigt seinen Job gewissenhaft. Gelegentlich überkommen ihn religiöse Anwandlungen, die allerdings nicht lange andauern. Er kehrt schnell zu sich selbst zurück, säuft dann Alkohol bis zur Besinnungslosigkeit und erzählt Witze über die Religion und sogar über unsere Regierung. Der schelmische Kapo hatte einfach Pech, dass Murad sich damals zufällig in einer seiner religiösen Phasen befand. So ist mein Onkel, und dagegen kann er offensichtlich nichts machen. Ich persönlich habe wirklich viel von ihm gelernt. Ich weiß nicht, wie ich ohne Murads Unterstützung klargekommen wäre. Daran will ich gar nicht denken.

Schon nach sechs Monaten kannten mich in der Sicherheitsbehörde alle. Man gab mir sogar einen Beinamen und nannte mich »Ahmed der Wolf«, weil ich die Verdächtigen belauerte wie ein Wolf die Schafe, um dann plötzlich zuzustoßen. Ich hatte die Fähigkeit erworben, im Verhör jeden dazu zu bringen, seine Verbrechen und die Namen seiner Mittäter preiszugeben. Die Anklagen, die ich anschließend erhob, bekamen stets große Beachtung. Hatte ich es mit Kurden zu tun, so hatten sie großes Pech, weil ich diese Schweine, die meinen Vater töten wollten und dabei sein Bein verstümmelten, immer auf besondere Art und Weise bestrafte…

Früher war ich ein einfacher Student gewesen, der Taschengeld von seinem Vater erhielt. Nun befand ich mich in einer neuen Situation, besaß Geld und Macht. Schon nach drei Monaten im Beruf bekam ich 200 000 Dinar, ein Grundstück und einen Mercedes als Lohn für meine gute Arbeit in der Angelegenheit der »Seite des Verrats«, und zwar direkt vom Präsidenten. Meine Kollegen in der Sicherheitsbehörde erhielten ebenfalls Geschenke. Zusätzlich gab es 20 000 Dinar für jeden Verdächtigen, den ich verhört und als Verräter entlarvt hatte.

»Das Leben ist ein Wunder. Und der Irak ist das Land der Wunder. Wenn man versteht, wie sie funktionieren, kann man auch selbst Wunder vollbringen«, sagte Murad. »Wir bewirken Wunder. Wir sind die Wunder dieses Landes. Niemand kann vollbringen, wozu wir in der Lage sind. Bedingungslose Treue ist in unserem Beruf der Schlüssel zum Wunder. Und du bist treu.«

Ein Jahr später geschah das nächste Wunder meines Lebens, als ich eben zufällig erneut vor dem ersten Mann des Landes stand. Saddam Hussein erschien unerwartet in dem Untersuchungsgefängnis, in dem ich Dienst tat. Murad, ich selbst und die anderen Offiziere waren völlig überrascht, als die Leibwächter des Präsidenten mit Saddam und seinem Sohn Qusi in der Haftanstalt auftauchten.

Saddam betrat das Büro, und alle riefen im Chor: »Hoch lebe Saddam, Führer des Siegs und des Friedens!« Murad, Saddam und Qusi umarmten sich. Mein Onkel schaute Saddam an, drehte sich dann um und befahl allen, das Büro zu verlassen. Bevor ich die Tür erreichte, hörte ich hinter mir die Stimme des Präsidenten. »Bist du der blonde Löwe, der Sohn von Kader?«

Ich blieb stehen, drehte mich um und antwortete lächelnd: »Ihr Diener, Herr!«

»Ich erinnere mich an dich. Aus dir ist ein rechter Löwe geworden, wie es dein Vater und dein Onkel sind. So wurde es mir letztens berichtet. Geh jetzt! Wir werden uns bestimmt wiedersehen.«

Salutierend verließ ich das Büro und begab mich schnellen Schrittes zu den anderen Offizieren. Ich war überrascht, wie stark und lebhaft das Gedächtnis des Präsidenten war. Nach so vielen Kriegen und Verpflichtungen hatte er mich nicht vergessen, den blonden Jungen aus Ramady? Oder war es der Freundschaft mit meinem Vater geschuldet? Und was hatte man ihm über mich berichtet?

Nach einer knappen Viertelstunde verließ der Präsident die Haftanstalt, und ich kehrte ins Büro zurück.

»Und?«, fragte ich meinen Onkel.

»Ein Wunder, schon wieder!«, sagte Murad lachend. »Ein Geschenk wartet auf dich.«

»Was ist es?«

»Du erfährst es noch heute. Jetzt geh! Ich muss etwas erledigen.«

Am selben Tag bekam ich das Geschenk. Eine Belohnung für die Treue und die gute Arbeit: eine Villa am Fluss im Wert von 500 000 Dollar. Eine russische Firma werde in Kürze mit den Bauarbeiten beginnen.

Zwei Wochen nach dem Besuch des Präsidenten kam der Befehl, ich sollte mich bei der Behörde für Äußere Sicherheit melden. Es ging um die direkte Zusammenarbeit mit den Außendienststellen. Meine neue Aufgabe: die Aktivitäten der »streunenden Hunde« in verschiedenen Hauptstädten der Welt wie zum Beispiel in London, Paris, Berlin oder Amman, Damaskus, Beirut im Auge zu behalten und zu protokollieren.

Seitdem treffe ich den Präsidenten fast jedes Jahr. Anfang 1996 wurde ich in den Kreis der »Freunde des Präsidenten« aufgenommen, dessen Mitglieder Saddam persönlich auswählt. Im selben Jahr, das ich als Glücksjahr meines Lebens bezeichne, gründete ich eine neue Abteilung in der Sicherheitsbehörde: die »Brief-Kontrolle«. Diese Erfindung von mir wurde Ende 1996 und Anfang 1997 in fast allen Sicherheitsbehörden der großen irakischen Städte eingeführt. Manche nennen sie »Ahmed-Abteilung«, aber offiziell heißt das Projekt in den Unterlagen der Sicherheitsbehörde: Ahmed-der-Wolf-Projekt.

Die Idee zu dieser Kontrollbehörde, die ich als mein Lebenswerk betrachte, war mir gekommen, als ich mich 1996 in Amman aufhielt. Einer meiner Mitarbeiter hatte berichtet, dass viele Lastwagenfahrer illegal Briefe von Exilanten ins Land schleusten, um sie deren Angehörigen zu übergeben. Mir war sofort klar, dass es unmöglich war, alle Lastwagen an der

Grenze nach Briefen zu durchsuchen. Noch am selben Tag beriet ich den Fall mit meinen Mitarbeitern. Wir diskutierten stundenlang und suchten nach möglichen Wegen, dieses Phänomen unter Kontrolle zu bringen. Unser Plan war es, die Organisatoren zu finden und festzunehmen. Es dauerte nur eine Woche, bis wir den Namen des Organisators in Amman herausfanden. Es handelte sich um Ali Al-Bhadly, einen Iraker, den Besitzer des Al-Iraqi-Reisebüros. Laut unseren Informanten war er politisch völlig desinteressiert, ein einfacher Geschäftsmann.

»Ich will ihn haben!«, befahl ich meinen Männern und wartete ungeduldig auf die Überstellung des Mannes. Meine Mitarbeiter entführten Ali Al-Bhadly, einen unvorsichtigen Kerl, der sich ständig in Nachtclubs und Diskotheken herumtrieb. Sie schleppten ihn in mein jordanisches Büro in Amman, das in einem Haus in der Stadtmitte untergebracht war. Übereifrig gestand Al-Bhadly, Briefe mit Lastwagen illegal zu transportieren. »Ich verdiene dadurch wirklich gutes Geld«, behauptete er.

Ich versprach ihm, die Angelegenheit unter vier Augen zu belassen, wenn er mir den Namen des Organisators in Bagdad verriete. »Außerdem kannst du dieses Geschäft weiterbetreiben und wirst von uns dafür mit Geld belohnt. Für jede wichtige Information, die ein Brief aufweist, gibt es für dich und deinen Geschäftspartner in Bagdad von uns ein gutes Honorar. Es wäre hilfreich, wenn du uns unterstützt, Kuriere und Büros in anderen Städten anzuheuern, Damaskus, Kairo, Tripolis, Tunis oder Beirut. Egal wo, wir benötigen die totale Kontrolle. Wenn du nicht kooperierst, wird deinen Familienangehörigen im Irak Schlimmes zustoßen!«

»Okay. Es geht hier aber nur um das Geschäftliche. Oder? Spion möchte ich keinesfalls werden, ich will meinen guten Ruf behalten. Geschäftemachen heißt vor allem, einen guten Ruf zu besitzen. Wenn mir der bleibt, spiele ich mit. Meine Kontakte sind vielfältig, und ich habe mächtige Freunde im Irak. Aber wir müssen hieraus kein Drama machen, oder? Geht es hier nur ums Geschäft?«

»Ja, es geht nur darum.«

»Einverstanden.«

In Bagdad war es schwieriger als in Amman mit diesem Ali. Der Unternehmer Haji Saad Al-Kubiysi, Alis irakischer Geschäftspartner, Besitzer des Tahrir-Import-Export-Büros, war ein sehr bekannter Mann. Er unterhielt persönliche Beziehungen zum ältesten Sohn des Präsidenten, Odai, und stand unter seinem Schutz.

Odai Saddam ist der Chef des Nationalen Olympischen Komitees und der Chef des irakischen Journalistenverbandes, Herausgeber der *Babel*-Zeitung und Besitzer des Jugend-TV. Außerdem ist er Chef der Saddam-Fedaijin, in der fast 40 000 Männer in schwarzen Uniformen mit Strumpfmasken seinen Befehlen folgen. Seit dem Handelsembargo gehören dem Präsidentensohn unendlich viele Unternehmen im In- und Ausland: Reisebüros, Transportbüros, Zeitarbeitsfirmen, Geldanlagefirmen, Wechselstuben …

Wie ich diesen Vertrauten Odais anpacken sollte, war mir ein Rätsel. Nur meine treuesten Mitarbeiter waren eingeweiht. Keiner besaß die leiseste Ahnung, wie man Haji Saad Al-Kubiysi zu einem Verhör vorladen konnte. Odai Saddam zu begegnen, wollte ich unbedingt vermeiden. Es musste ein Ausweg gefunden werden. »Geh Odai immer aus dem Weg!«, hatte mein Vater gemahnt, als ich in der Sicherheitsbehörde anfing. »Odai ist ein Schwachkopf und stellt nur dummes Zeug an. Jeder weiß das, selbst sein Vater. Er ist eine Schande für seinen Vater und seine Familie, aber eben der älteste Sohn des Präsidenten, und wir müssen uns einfach damit abfinden!«

Zwei Wochen lang zerbrach ich mir den Kopf, wie dieses Problem zu lösen sei. Haji Saad einfach festzunehmen, war unmöglich. Einer meiner Mitarbeiter schlug vor, ich solle meinen Onkel Murad um Rat fragen. »Er ist Berater von Qusi Saddam. Nur diese beiden Männer und der Präsident persönlich können uns helfen.«

Daraufhin rief ich Murad tatsächlich an und sagte: »Odai steht mir im Weg. Ich muss mit dir reden.«

»Erzähl!«

Bereits einen Tag später rief mein Onkel zurück: »Du kannst Haji Saad treffen. Im Alwiya-Club. Geh allein dorthin. Ihr seid einfach Freunde, die sich zufällig treffen. Verstanden?«

»Ja.«

»Er weiß bereits, was los ist. Ab morgen, 13 Uhr, arbeitet ihr zusammen! Odai Saddam wird nichts von dem Treffen erfahren. All das bleibt unter uns. Wenn er es irgendwann herausfindet, ist sein Bruder Qusi zuständig.«

»Danke!«

Haji Saad half mir schließlich, in fast allen großen Städten des Irak ein Reisebüro oder Transportbüro zu finden oder zu gründen, in dem man mit den Briefen handelte. So nahm alles seinen Lauf. Die Lastwagenfahrer fühlten sich sicher, und die Briefe kamen weiterhin an. Jede Woche erhielt mein Büro die wichtigsten Berichte und Informationen aus den verschiedenen Städten.

Anfang 1999 beförderte man mich zum Oberst. Diesen Tag feierte ich in Ramady mit meiner Familie, meiner Frau und meinen Töchtern, die unendlich stolz auf mich waren. Präsident Saddam Hussein erschien an diesem Abend als Ehrengast. Man ernannte mich zum Chef der Rassafa-Untersuchungshaftanstalt. Dazu brauchte ich meine Dienste im Ausland aber nicht aufzugeben. Als Berater der Internationalen Sicherheitsangelegenheiten kümmerte ich mich nur noch um große Geschäfte. Um »mein Baby«, die Bagdad-Briefe, wollte ich mich dennoch weiterhin kümmern und überließ aber alle weiteren Städte anderen Offizieren.

Jemand klopft an die halb geöffnete Tür. »Ich bin es, Miriam.«

»Komm rein!«

Meine Frau betritt das Zimmer und sagt: »Mein Gott, du siehst aber wirklich erschöpft aus. Willst du dich nicht hinlegen und etwas ausruhen? Und warum ist die Tür offen? Normalerweise schließt du sie, wenn du arbeitest. Geht es dir gut, Habibi?«

Ich sehe meine Frau an, ziehe sie an mich, umklammere mit meinem linken Arm ihre Hüfte und bette meinen Kopf auf ihre Brüste. »Oh, ich weiß nicht, was ich ohne dich tun würde!«

Sie küsst mich auf den Kopf, streichelt meine Wange und berührt ganz sanft meine Lippen. »Ich bin immer für dich da, mein Herz!«

»Wie gern würde ich jetzt mit dir ins Bett gehen. Das wäre wirklich schön. Leider muss ich gleich los.«

»Moment! Du hast versprochen, dass wir heute mit den Kindern spazieren gehen.«

»Aber es gibt zurzeit enorme politische Probleme. Ich muss um 18 Uhr los. Der Präsident wartet auf mich.«

»Der Präsident?«

»Ja, und den kann ich ja nicht warten lassen.«

»Und wann gehen wir dann mit den Kindern aus?«

»Übermorgen vielleicht.«

Miriam schwieg.

»Ist alles in Ordnung?«, frage ich.

»Mir ist klar, dass du solche Fragen nicht gern hörst, aber was ist das?«

»Was?«

»›Christin, die Politik betreibt‹.«

»Ach so«, sage ich. »Das ist ein Projekt. Ein Kunstprojekt für die Christen im Land. Ich muss es lesen und auf Förderungswürdigkeit überprüfen.«

»Schön!«, sagt Miriam, entfernt sich langsam und schließt die Tür hinter sich.

Warum interessiert sich Miriam schon wieder für meine Arbeit? Das ärgert mich. Sie missachtet unsere Absprache, keine Fragen zu stellen, was meine Arbeit angeht. Es nervt mich, lügen zu müssen.

Meine Uhr zeigt bereits 17 Uhr an. Zeit, meine Sachen für den Präsidenten einzupacken, ins Bad zu gehen und Überlegungen anzustellen, wie man mit diesen Hiwanat-Al-Manfa – den Tieren des Exils – umgehen soll.

Siebtes Kapitel

✻

Miriam Al-Sadwun, 27 Jahre alt, Ehefrau
Freitag, 8. Oktober 1999
Bagdad, Irak

✻

Mittlerweile bin ich es gewöhnt, den Arbeitsraum meines Mannes als verbotenen Distrikt in unserem Haus zu betrachten. Ahmed mag es nicht, wenn sich in seiner Abwesenheit jemand in seinem Büro aufhält. Nicht einmal der Putzfrau ist das Säubern dieses Zimmers gestattet, wenn Ahmed nicht ebenfalls anwesend ist. Heute ist er zu seinem Termin gegangen und hat tatsächlich vergessen, die Tür hinter sich abzusperren. Das ist ihm erst ein einziges Mal passiert, vor zwei Jahren. Damals wie heute war er total aufgeregt, weil er zum Präsidenten musste, und damals wie heute habe ich unerlaubt das Zimmer betreten. Beim ersten Mal fand ich nichts zu lesen, denn es lag nichts auf dem Tisch. Ordner und Akten standen wohlgeordnet in den Regalen, verschlossen hinter dicken Glastüren.

Seit ich nun den Brief samt dem seltsamen Bericht gelesen habe, der in einem geöffneten Umschlag auf Ahmeds Arbeitstisch lag, kann ich nicht mehr klar denken. Ich bin entsetzt. Als ich ihn vor einer Stunde nach dem Inhalt des Briefes fragte, tat er es als Kunstprojekt ab, das er vielleicht fördern wolle. Veralbert er mich? Welche Kunst?

Nachdenklich sitze ich auf seinem Stuhl am Schreibtisch und betrachte das Zimmer, das für mich immer eine Kammer voller Geheimnisse war. Eigentlich gibt es hier nichts Ungewöhnliches. Mit Ausnahme vielleicht der Fotos an der Wand. Ahmed, hier mit Präsident Saddam, da mit seinem Onkel Murad, dort mit seinem Vater. Alle vier zusammen auf einem Bild. Oder vielleicht dieses neue Gerät, der Computer? Ich weiß nicht, wie und wofür man diesen Kasten benutzt. Ahmed erzählte mir, er sei wichtig für seine Arbeit. Meine kleine Schwester Nawal, die seit einem Jahr die Universität Arbed in Jordanien besucht, sagte mir vor einiger Zeit am Telefon: »Im Irak sind solche Geräte verboten. Na ja, alles ist bei uns verboten, auch Satellitenfernsehen und etwas, das man Internet nennt. Im Internet kann man blitzschnell elektronische Briefe verschicken! In ein paar Wochen beginnt das 21. Jahrhundert, und bei uns ist alles verboten...«

Weniger als »das 21. Jahrhundert« blieb mir das Wort »blitzschnell« im Kopf. Während ich den Brief ansehe, denke ich an dessen Verfasser, der seit zwei Jahren erfolglos versucht, seine Freundin zu erreichen.

Ein eigenartiges Gefühl breitet sich in mir aus, seit ich den Brief gelesen habe. Plötzlich entsteigen aus ein paar Briefzeilen Menschen, die mir eben noch unbekannt waren, über die ich jetzt aber mehr erfahren möchte, wer sie sind, und was das alles hier bedeuten soll.

Mein Gott, wie gut kenne ich eigentlich meinen Mann, den Vater meiner beiden Töchter?

Das erste Mal habe ich Ahmed vor vier Jahren im Café des größten Sport-Event-Clubs in Bagdad, des Alwiya-Clubs, gesehen, in dem ich mich oft mit meinen Freundinnen traf. Ein blonder kräftiger Mann betrat den Raum, setzte sich an einen Tisch und begann Zeitung zu lesen. Keine der anwesenden Frauen würdigte er eines Blickes, obwohl die Frauen zu mustern an diesem Ort die übliche Beschäftigung der Männer ist. Stoisch saß er über seine Zeitung gebeugt, als ob keine anderen Gäste anwesend wären. Mir imponierte dieser blonde Typ, wie er in seiner Zeitung las, ein seltener Anblick. Aufmerksam durchblätterte er die Tageszeitung *Babel*, die als die Jugendzeitung gilt. Der älteste Präsidentensohn hat sie vor ein paar Jahren gleichzeitig mit dem Jugend-Fernsehen gegründet, beide sind bei den jungen Leuten sehr beliebt. Ich mag sie auch. Sie berichten über alles, was man in staatlichen Zeitungen und Fernsehsendern nicht erfährt. Das Jugend-TV gleicht einer unendlichen Party, die für uns veranstaltet wird. Rund um die Uhr wird getanzt und gesungen. Man erfährt alles Mögliche, aber kaum die ständigen Nachrichten über Kriege oder das Handelsembargo. Die *Babel*-Zeitung ist voll mit spannenden Affären und geheimnisvollen Geschichten. Richtige Unterhaltung.

Nach einer halben Stunde etwa beendete der neue Gast seine Lektüre. Ein alter Mann setzte sich zu ihm, nach der Begrüßung unterhielten sie sich entspannt. Ich erinnere mich noch immer daran, wie meine Freundinnen über den Unbekannten herzogen.

»Sieht der geil aus«, sagte Sundes.

»Ein gut trainierter Körper. Auf diesem Typ könnte ich bestimmt endlos reiten!«, erwiderte Najat, und wir lachten.

»Wirklich ein schöner, attraktiver Mann. Bestimmt ist er mächtig, reich und brutal männlich. Erinnert mich an Saddam. Sehr anziehend! Wahnsinn!«, sagte Sundes, wie zu sich selbst.

»Du blöde Ziege, du denkst schon wieder an Saddam!«, motzte ich und blickte Sundes vorwurfsvoll an.

»Oh ja, natürlich. Gibt es eine Frau in unserer ehrwürdigen Gesellschaft, die nicht davon träumt, mit Saddam ins Bett zu gehen? Ich kenne keine!«

»Hier geht es wohl nicht um Saddam, oder?«, erwiderte Najat.

»Saddam finde ich überhaupt nicht attraktiv, und auch den Typ da nicht!«, sagte ich.

»Jetzt komm, Miriam! Du hast keine Ahnung! Und bist immer noch Jungfrau. Halt also bitte das Maul!«

»Leck mich, du Schlampe!«, schimpfte ich.

»Hört jetzt auf, beide!«, forderte Najat. »Ich werde mal nachforschen, wer dieser Mann ist.«

Najat, die sich mit der Kundschaft im Club sehr gut auskannte, fragte einen der vielen Kellner, ob er diesen Fremden kenne. Er verneinte, erklärte aber, der andere sei der bekannte Unternehmer Haji Saad gewesen. Mehr wusste er nicht. Von den Frauen im Club, die Najat fragte, kannte ihn keine. Eines aber schien sicher: Der blonde Besucher war nicht irgendein Mann. Den Alwiya-Club, in dem die Mitgliedschaft bis zu 3000 Dollar kostet, besuchen nur bestimmte Männer und Frauen, alle aus der Oberschicht.

Dass ich diesen Mann vor meinen beiden Freundinnen als »unattraktiv« bezeichnet hatte, war eine Lüge. Etwas später erfuhren wir, wer der hübsche blonde Gentleman war. »Ahmed Kader«, vertraute uns Najat an. »Ein mächtiger Mann, hochrangiger Offizier, arbeitet im Innenministerium. Sicherheitsangelegenheiten. Er ist nicht verheiratet, hat kaum Freunde. Keine Frauengeschichten in Bagdad. Man behauptet aber, er reise ständig nach Beirut, und vermutlich hat er dort eine Freundin. Keine Ahnung.«

»Immerhin kennen wir jetzt seinen Namen!«, sagte ich.

»Du müsstest ihn eigentlich kennen. Eure Väter sind alte Freunde, und er stammt auch aus Ramady, wie du.«

»Keine Ahnung.«

Ahmed besuchte den Club noch ein oder zwei Mal und dann nicht mehr. Wir vergaßen ihn allmählich. Ich bedauerte, ihn nicht mehr zu sehen, doch ein halbes Jahr später tauchte er wieder in meinem Leben auf. Eines Tages verkündete mir meine Mutter, dass jemand um meine Hand anhielt. »Sein Vater ist ein alter Freund deines Vaters aus Ramady. Er ist ein angesehener Mann.«

»Ich mag aber nicht heiraten, Mama, ich will weiter studieren.«

»Hör zu! Der Mann ist äußerst interessant. Schau

dir das Foto an! Hübsch, oder? Triff dich mit ihm! Danach reden wir noch mal.«

Als ich sein Foto sah, erkannte ich ihn sofort. Der Blonde aus dem Club, Ahmed! Aufgeregt lief ich zu Najat und Sundes und zeigte ihnen das Foto. Den beiden blieb vor Überraschung der Mund offen stehen: »O Gott! Du Glückspilz!«

Jetzt in seinem Arbeitszimmer fühle ich mich wirklich nicht wie ein Glückskind. Das erste Mal in meinem Leben beschleicht mich das Gefühl, mich mitten in einem Krimi zu befinden. Niemals habe ich damit gerechnet, in politische Machenschaften verwickelt zu werden. Wer will schon die Leiche sein? Ich nicht! Aber als Kommissarin mag ich auch nicht enden. Was sollte ich auch suchen oder untersuchen? Ob mein Mann die Briefe fremder Menschen liest und kontrolliert?

Ahmed, wer bist du eigentlich? Für dich habe ich mein Studium aufgegeben, und seitdem lebe ich mit dir. Dafür habe ich sogar meine Freundinnen aus den Augen verloren. Du besitzt alles hier. Ich habe nie daran gezweifelt, dass du mich wirklich liebst. Und ich liebe dich sowieso, weil du so ein zärtlicher Mensch bist. Du hast mich nie schlecht behandelt, hast mir immer gegeben, was ich brauche. Das hier verstehe ich jedoch nicht! Eigentlich weiß ich nicht einmal, was du tust und wo du arbeitest.

Ich lege den Brief und den Bericht zurück in den Umschlag und verlasse das Arbeitszimmer. In der Küche bleibe ich im Türrahmen stehen. Meine Küche, die ich selbst eingerichtet habe, wirkt jetzt irgendwie fremd. Sie ist nicht im typisch irakischen Stil ausgestattet. Warum eigentlich nicht? Brauner Wandschrank, silberner Gasherd, elektrischer Backofen, Geschirrspüler, weißer amerikanischer Kühlschrank, Kaffeemaschine, Toaster, Mixer und viele Regale mit Geschirr. Mitten im Raum steht ein Tisch, umrahmt von acht Stühlen aus dunklem Holz. Ich gehe in die Küche, hole mir kaltes Wasser aus dem Kühlschrank und bleibe wieder unschlüssig stehen, begebe mich dann ins Wohnzimmer und setze mich auf das Sofa. Durch die offene Tür, die auf die zum Sonnenaufgang ausgerichtete Terrasse führt, blicke ich in den Garten und auf das Schwimmbad der Villa. Draußen ist es immer noch hell. Ich greife nach der Fernbedienung und schalte den Fernseher ein.

Im Jugend-TV singt gerade Assala Nasery:
Hin und wieder gehen der Ton und die Sekunden verloren,
eine Sekunde nach der anderen.
Auch die Rose welkt in meiner Hand und verlässt mich,
als wäre ich allein auf der Welt...
Auf einer leeren nebligen Straße nähert sich mir eine Frau, die sich aus dem Dunst windet. Eine seltsame Frau, ohne Gesichtszüge, eigentlich nur ein schwarzer Kopf mit langen dunklen Haaren. Vor mir stehend, stellt sie sich vor: »Hallo, ich bin Samia«, sagt sie. Ich antworte nicht. Sogleich löst sie sich auf, doch nicht lange, und ich sehe sie wieder, verwandelt in Wind. Wieder bin ich allein. Auf einmal halte ich eine

weiße Rose in meiner Hand. Wie in Zeitlupe fällt sie in sich zusammen, rollt sich Blatt für Blatt ein, und dann verschwindet sie, genau wie Samia. Meine beiden süßen Töchter, meine Zwillinge, sitzen auf einem Balkon. Aber wo ist das Haus? Nur ein Balkon, der in der Luft schwebt? Die beiden rufen, springen von ihrem Stuhl auf und klatschen aufgeregt in die Hände: »Komm her, Mama!« Eine schwarze Taube kommt aus der Leere und landet bei den Mädchen. Urplötzlich verliert sie ihre schwarze Farbe, wird zu einer weißen Taube und verwandelt sich schließlich in eine Frau. Samia? Dann wieder eine Rose. Der Balkon verschwindet.

Ich höre eine Stimme. Jemand redet mit mir auf Englisch. »Mrs Miriam! Wake up! Aufwachen!«

»Was?«

Das pakistanische Kindermädchen Samer überrascht mich. »Sie hatten einen Albtraum. Sie haben geschrien. Ist alles in Ordnung?«

»Ja! Bitte stell den Fernseher aus!«

Samer nimmt die Fernbedienung und sagt: »Mr Ahmed hat angerufen, er kann heute nicht nach Hause kommen. Aber morgen Abend vielleicht.«

»Danke. Ist mit den Kindern alles in Ordnung?«

»Ja, aber sie möchten Sie sehen!«

»Nicht heute. Ich will allein sein. Geh zurück an die Arbeit!«

Die Babysitterin legt, nachdem sie das Fernsehgerät ausgeschaltet hat, die Fernbedienung zurück auf den Tisch und geht Richtung Kinderzimmer.

Ich bin sehr hungrig, stehe auf und gehe zurück in

die Küche, esse eine Orange, dann eine Banane, noch eine Banane, wieder eine Orange. Trinke Orangensaft, nehme ein Glas Wasser und begebe mich damit ins Schlafzimmer. Dort lege ich mich aufs Bett. Meine Zähne sind noch nicht geputzt. Erneut erhebe ich mich und gehe ins Bad.

Im Spiegel betrachte ich mein Gesicht, wasche es und beginne, meine Zähne zu putzen. O Gott, ich sehe elend aus! Die dunklen Augenringe. Mein Gesicht abwendend, hocke ich mich auf die Toilettenschüssel. Während ich weiter meine Zähne putze, betrachte ich die mit Entchen und Blumen verzierten Wände aus Marmor und lausche dem Rauschen der Spülung. Ich säubere mich und stelle mich wieder vor den Spiegel, wasche nochmals mein Gesicht, spüle meinen Mund aus, sehe mein Spiegelbild an und sage laut: »Geh und schlaf bitte!«

Fast Mitternacht und der Schlaf will nicht kommen. Ohne es zu wollen, denke ich die ganze Zeit nur an Ahmed und den Brief. Fragen über Fragen, sie nisten sich ein und wirbeln ohne Ordnung und Zusammenhang durch meinen Kopf.

Wer ist K.? Was ist sein Job? Warum darf er einfach die Briefe der Menschen begutachten? Wird Ahmed diese Frau, Samia, jetzt wirklich festnehmen? Wieso? Wie soll ich mir das erklären? Ein Kunstprojekt? Mit so etwas wollte ich nie zu tun haben, mich niemals damit beschäftigen, nie wissen, was die Männer meiner Familie treiben. Weder mein Vater, noch meine Brüder oder mein Mann und die Männer seiner Familie. Warum sollte ich auch?

Warum aber habe ich dann das Arbeitszimmer durchsucht? Reine Neugier. Mehr nicht. Ich wollte mehr über das Kunstprojekt erfahren, das nun plötzlich keine Kunst und auch kein Projekt mehr ist. Wie sehr ich es bereue, dieses Zimmer betreten zu haben. Alles, was eine irakische Frau sich wünscht, besitze ich: eine Familie, einen netten Mann, zwei schöne Töchter und eine Villa. Alles, was ich brauche, bekomme ich aus dem Ausland. Finanzielle Probleme kenne ich nicht. Was will ich mehr? Warum sollte ich mir überhaupt Gedanken machen über diese Samia? Ich muss endlich schlafen und dann schauen, wie es mir morgen geht.

Oder ich versuche jetzt noch etwas zu tun. Ich könnte eine Freundin anrufen! Eine Freundin? Welche? Najat? Sundes? Nach meiner Hochzeit durfte ich meine beiden Freundinnen nicht mehr treffen. Wegen ihres schlechten Rufes, behauptete Ahmed damals. Sie verschwanden dann einfach aus meinem Leben. Meine Schwester Nawal lebt nicht mehr hier, sondern in Jordanien. Alle meine jetzigen Bekannten sind die Frauen der Männer, die Ahmed kennt. Und über den Brief und den Bericht will ich mit keinem dieser Menschen reden. Aber vielleicht mit Najat? Ich erinnere mich gut an sie und an das letzte Gespräch mit ihr am Telefon. Seit Jahren habe ich den Gedanken daran verdrängt.

»Miriam, bist du es?«, hatte sie gefragt.

»Ja, ich bin es.«

»Ich bin es, Najat!«

»Hallo!«

»Wieso meldest du dich nicht? Ich habe dich so oft angerufen und nie erreichen können!«

»Ich war beschäftigt.«

»Heute wollte ich dich besuchen. Der Hausmeister eurer Villa ließ mich aber nicht hinein und behauptete, du seiest nicht da.«

»Najat, keine Ahnung, was ich dir sagen soll. Mein Mann wünscht nicht, dass du uns besuchst oder dass ich mich mit dir treffe.«

»Damit habe ich gerechnet.«

»Es tut mir leid! Meine Familie ist mir wirklich wichtig.«

»Klar. Mein Ruf ist das Problem. Ich weiß.«

»Bitte verstehe mich!«

»Ich kann dich verstehen, will dir aber etwas geben. Schick mir morgen deinen Chauffeur! Er muss etwas für dich abholen. Danach hörst du nichts mehr von mir.«

»Was soll er abholen?«

»Ein Geschenk für unsere lange Freundschaft.«

»Okay.«

Sie legte auf, ohne sich zu verabschieden. Am nächsten Tag bekam ich das Geschenk. Es war ein Brief. Ich habe ihn damals nur oberflächlich gelesen und hastig irgendwo in der Kiste mit meinem Universitätskram im Keller vergraben. Der Inhalt des Briefes interessierte mich damals nicht. Vermutlich, weil ich mich als junge Braut mit dem bevorstehenden neuen Leben beschäftigte.

Ich muss diesen Brief wiederfinden!

Liebe Miriam,

obwohl du viel liest, bist du absolut kein Menschen-
kenner. Ich lese nur selten. Seit Ewigkeiten habe ich kein
Buch in die Hand genommen, nur Zeitschriften. Dafür
kenne ich mich gut mit den Menschen in dieser Gesellschaft aus.

Du weißt, dass du meine beste Freundin bist, seit Jahren. Ich mag dich wirklich und betrachtete dich immer
wie eine kleine Schwester. Dass dein Mann dir nicht erlauben wird, mich zu treffen, habe ich befürchtet. Du bist
nicht die erste Frau, die mir so etwas mitteilt. Schließlich war ich die Ehefrau eines Märtyrers. Weißt du, was
das bedeutet? Märtyrerwitwe zu sein ist eine abscheu-
liche Existenz.

Siebzehn Jahre war ich erst, als der erste Ehemann
meines Lebens, Jawad, an meine Tür klopfte. Er war Soldat, zwanzig Jahre älter als ich. Jeden Monat zog er in
den Krieg. Vier Wochen Kampf an der Front und eine Woche Urlaub in meinem Schlafzimmer. Sieben Tage lang
soff er und vergewaltigte mich, als ob er in meinem Körper all seine Ängste vor dem Tod beerdigen wollte. Er
schlug auf mich ein und zwang mich zum Sex. An jedem
letzten Tag seines Fronturlaubs zog er seinen dicken
schwarzen Gürtel heraus und peitschte grundlos auf
mich ein. Weinend küsste ich seine Hände und Füße und
bettelte, er möge aufhören. Wenn ich seine stinkenden
Käsefüße lange genug geleckt und geküsst hatte, forderte er mich auf, mich zu entkleiden. Schweigend trieb
er es dann mit mir, legte sich anschließend auf den Boden und weinte. Dann ging er wieder fort, ohne ein Wort
zu sagen.

Sechs Jahre lang ertrug ich diese Tortur. Jawad über-
lebte den Iran-Irak-Krieg. 1991 begann der nächste Krieg,
die »Mutter aller Schlachten«, wie Saddam ihn bezeichnete, oder, wie man heute sagt: die »Mutter aller Niederlagen«. In diesem Krieg befreite mich ein Soldat der
Alliierten, indem er meinen Mann in einer Schlacht endlich kaltmachte. Seitdem bin ich Märtyrerwitwe. Von der
Regierung war außer der Rente meines Mannes nichts
zu erwarten. Im Irak-Iran-Krieg hatten die Frauen von
Märtyrern noch ein Grundstück, ein Auto und 2000
Dollar erhalten. Die »Mutter aller Niederlagen« machte
Schluss mit dieser staatlichen Entschädigung.

Mit Jawads Tod war mein guter Ruf dahin. Die Mär-
tyrerfrauen, deren Anzahl im Laufe des Iran-Krieges und
später des Kuwaitkrieges immer zunahm, wurden zu
Sexobjekten von Polizisten, Sicherheitsleuten, Soldaten,
Regierungstreuen, Baathisten, verheirateten und älteren
Männern, Glücksspielern und harmlosen Burschen. Ich
bin eine dieser Frauen. Wir sind keine Jungfrauen mehr,
das heißt, sexuell kann ein Mann alles mit uns anstellen,
was er sich wünscht. Ohne Angst vor dem Jungfräulich-
keitsdrama. Diese Männer wissen genau, dass Witwen in
unserer Gesellschaft kaum eine Chance haben, noch einmal zu heiraten, und wenn, dann nur ältere Männer, die
ihren Schwanz nicht mehr hochkriegen. Sind die Männer
vielleicht hinter Märtyrerwitwen her, weil jeder die Hei-
ligkeit des Wortes Märtyrer ficken will?

Nach dem Tod meines Mannes zog ich wieder in das
Haus meiner Eltern. Ich trug die schwarzen Trauer-
klamotten, legte allen Schmuck ab und benutzte keinen
Lippenstift mehr, weil es so Sitte ist. Eigentlich war ich

heilfroh, als das Arschloch Jawad den Löffel abgegeben hatte. Nach einem Jahr erschienen die Nachbarsfrauen und schenkten mir ein buntes Kleid samt einer Make-up-Schachtel, um meine Trauerzeit zu brechen, wie es traditionell üblich ist. Beglückt verbrachte ich viele Stunden vor dem Spiegel, schminkte mich und stand schließlich geschmückt vor meinem Kleiderschrank. Endlich ohne mein schwarzes Trauerkleid, übersahen mich die Blicke der jungen Männer im Viertel nicht mehr. Einige warteten täglich vor dem Basar auf mich, vor den Lebensmittelgeschäften oder an der Mauer der Moschee. »Du Hübsche, hast du Lust?«, flüsterte mir ein Kerl zu. Und der nächste: »Ich lass dich in den Boden beißen vor schönen Schmerzen.« Ich wusste damals nicht genau, welche Rolle mir als Märtyrerwitwe zugedacht war.

Einer der wichtigsten Baathisten des Viertels, Ramzi, wurde der zweite Mann in meinem Leben. Er arbeitete als Märtyrerfamilien-Betreuer, das war seine Aufgabe in der Partei. Er erledigte den Papierkram für die Rente meines Mannes und besuchte mich deshalb fast monatlich. Nach Ende der Trauerzeit begann Ramzi, zwei Mal wöchentlich bei mir zu erscheinen. Er war höflich und fürsorglich und behauptete, Jawad sei wie ein Bruder für ihn gewesen. Ich erkannte die Lüge, freute mich aber über die häufigen Besuche des hübschen jungen Betreuers. Natürlich bemerkte ich seine Augen, in denen sich Gefühlvolleres verbarg, als nur die Routine seiner Arbeit. Eines Vormittags, die ganze Familie war außer Haus, legte er die Arme um mich: »Ahebbik – Ich liebe dich, ich möchte dich heiraten.« Ich wollte ihn zuerst wegschieben, konnte es aber nicht. Er küsste meinen

Hals, die Wangen und … Nach diesem Vorfall besuchte mich Ramzi nie wieder. Ich ging einmal in sein Büro, doch er empfing mich nicht. Sein Kollege meinte, er sei stark beschäftigt, bis Ende des Jahres. Ich verstand sofort. Ramzi hatte bekommen, was er wollte.

Bald darauf stand Haji Jaber vor meiner Tür, der Führer des Stammes meines verstorbenen Mannes, und schlug mir vor, ihn zu heiraten. Ich hätte nur die Wahl zwischen zwei Möglichkeiten: Entweder mein Leben lang für meinen Vater und meine Brüder zu putzen und zu kochen, oder nur für einen Mann, nämlich ihn. »Eine positive Antwort wäre von Vorteil für uns alle. Unsere Aufgabe ist, die Ehre des Stammes zu bewahren«, sagte Jaber. Wollte er mir indirekt vorwerfen, die Ehre des Stammes befleckt zu haben?

Haji Jaber ist 60 Jahre alt und mit drei Frauen verheiratet. Alle wohnen im Süden des Landes, zusammen mit seinen dreizehn Kindern. Oft hatte er Angelegenheiten mit der Regierung in Bagdad zu erledigen und suchte nun eine Frau und eine Wohnung, um dort zu übernachten. Warum auch nicht? Er ist immerhin Stammesführer. »Schatten eines Mannes ist besser als Schatten einer Wand«, wie das Sprichwort sagt. Mit Haji Jaber endete mein Märtyrerwitwen-Status, und ich bekam eine neue Identität. Von nun an galt ich als vierte Ehefrau eines Stammesführers, den ich lediglich einmal monatlich sehen muss. Damit bin ich einverstanden.

Jetzt wohne ich, wie du, im Al-Adamia-Viertel, mit all den guten anständigen Familien und kann tun, was ich will. Ich glaube, mein Mann weiß, dass ich mit Liebhabern verkehre. Auch meine Brüder kümmern sich seit langem nicht mehr um den Ruf der Familie. Sie bekommen immer Taschengeld von mir, wenn sie mich besuchen. Geld oder Ehre? Sie nehmen das Geld und verschwinden bald wieder.

Von meinem Leben und dem Leben vieler anderer Frauen ahnst du nichts, Miriam. Dein Vater ist Geschäftsmann und Freund der mächtigsten Männer des Landes. Dein Mann ist ein Sicherheitspolizist. Du wurdest mit einem goldenen Löffel im Mund geboren und hast alles. Für Dich ist es einfach, eine anständige Frau zu sein, wie man das nennt. Für mich nicht. Du hast Dein Schicksal, meines ist ein anderes. Vielleicht werden wir uns nie wiedersehen. Aber ich hielt Dich immer für meine beste Freundin. Vielleicht sehe ich in Dir die Frau, die ich gerne sein würde.

Leb wohl!

Najat

Ich werfe Najats Brief zurück in die Kiste, verlasse den Keller und laufe in mein Schlafzimmer. Mitternacht ist vorbei, doch wie soll ich nach dieser Lektüre meine Augen schließen? Meine Freundschaft zu Najat vernachlässigt zu haben, kann ich mir nicht verzeihen. Bis heute habe ich ihren Brief nicht beantwortet, ihr kein »Danke für das Vertrauen« mitgeteilt. War ich so blind? Warum habe ich ihre Zeilen nicht aufmerksam gelesen? Bald, sehr bald werde ich Najat besuchen. Das nehme ich mir fest vor.

Und Samia? Soll ich sie dem Schicksal überlassen? Das Mindeste wäre, ihr mitzuteilen, dass sie fliehen muss! Warum nicht? Ich gehe los und suche sie! Ahmed kommt erst morgen Abend zurück. Es bleibt viel Zeit! Morgen, gleich nach dem Aufstehen, fahre ich zu ihr! Und wenn Ahmed es herausfindet? Was dann? Ich rede mit dem Chauffeur. Er weiß, er würde seinen Job verlieren, wenn er etwas ausplaudert. Ich bedrohe ihn! Verdammt! Langsam kann ich meine eigenen Fragen und Kommentare nicht mehr ertragen. Mein Kopf schmerzt...

Ich spüre die hellen Sonnenstrahlen auf meiner Haut, die mich mit einer sanften Traurigkeit begrüßen. Es ist 9 Uhr, und ich steige in den Wagen.

»Um 13 Uhr muss ich wieder hier sein, bevor die Kinder aus dem Kindergarten zurückkommen.«

»Wohin?«, fragt mich der Chauffeur Ashraf.

Laut lese ich die Adresse auf dem Briefumschlag vor: »Saddam City, Joader, Block 58.«

»Okay. Das schaffen wir.«

»Mein Mann soll davon nichts erfahren. Hast du verstanden? Sonst verlierst du deinen Job!«

Ashraf schweigt.

Du bist aufgeregt, Miriam! Was denkst du dir dabei? Glaubst du wirklich, alles wäre in Ordnung, wenn Samia nur den Brief liest? Diese Frau soll aber wenigstens erfahren, dass ihr Freund sie liebt und sie sich aus dem Staub machen muss, wenn sie nicht verhaftet werden will. Es ist zu spät, vernünftig zu sein. Das ganze Leben war ich vernünftig, und jetzt habe ich all den Mist am Hals.

Auf der Straße ist kaum etwas los. Vielleicht, weil es noch so früh ist? Das Al-Adamia-Viertel gefällt mir, alles ist sauber und ordentlich. Und doch wirkt es, als ob eine versteckte Traurigkeit darüberliegt. Vielleicht auch nur, weil ich selber so fühle und traurig bin? Und der Fluss? Warum ist der Tigris so still?

»Ich war noch nie in Saddam City.«

»Riesengroß, eine Millionenstadt.«

»Ist es weit dorthin?«

»Nein. Wir sind gleich da«, sagt Ashraf.

»Wir müssen zum Block 58.«

»Das ist am Anfang der City. Einige Kurden leben dort, die Schiiten sowieso. Überall in Saddam City wohnen nur Schiiten.«

»Woher weißt du das?«

»Das ist bekannt, alle wissen das. Herr Ahmed ist, wie Sie wissen, verantwortlich für die Sicherheit in Saddam City.«

Obwohl ich davon nichts weiß, antworte ich: »Ja.«

Es gibt anscheinend viele Dinge, von denen ich nichts weiß. Gibt es eine Frau, die nicht weiß, wo ihr Mann arbeitet? Offenbar schon, mich! Was für eine traurige Gestalt bist du, Miriam!

Das Auto fährt weiter.

»Erzähl mir bitte etwas von dieser Stadt!«

»Gern, Herrin! Man behauptet, es habe vor dem 20. Jahrhundert absolut gar nichts auf diesem Stück Land gegeben. Nur blanke gelbe Erde. Ein dichter Nebel aus Staub über einer wüstenleeren Landschaft, der die Augen der Vorbeigehenden blendete. Über

Jahre hinweg war sie unbewohnt und schlechthin unbewohnbar. Deshalb bezeichnete man diese unwirtliche Gegend als ›die nackte Erde von Bagdad‹. 1959 jedoch kamen Bauern und Handwerker aus dem Süden nach Bagdad, in der Hoffnung auf ein besseres Leben in der Hauptstadt. Sie betraten diese nackte Erde und beanspruchten sie für sich. Sie schlugen ihre Zelte auf und bauten sich Behausungen aus Blech, Steinen, Holz und Lehm. Seitdem drangen jede Nacht die lauten Stimmen der neuen Bewohner ans Ohr der Stadt, da sie gern um ein Lagerfeuer saßen und ihre traurigen südirakischen Volkslieder und religiösen Gesänge vortrugen. Das geschah genau ein Jahr nach dem Zusammenbruch des Königreichs und der Gründung der irakischen Republik. Einmal besuchte der erste Präsident des Landes das Gebiet der Wanderarbeiter. Als er sah, dass viele Siedler hier unter freiem Himmel hausten, befahl er augenblicklich den Bau einer Stadt, in der diese bedauernswerten Gestalten endlich einen menschenwürdigen Platz zum Leben und ein Dach über dem Kopf fanden. Er nannte sie ›Al-Thaura City – Stadt der Revolution‹, als Denkmal seines Sieges über die Monarchie.

Die City wurde schnell errichtet. Jeder Familie wurden in einem der 79 Blöcke, in die sie eingeteilt war, 144 Quadratmeter Land zugewiesen. Jeder dieser Blöcke umfasst eintausend Häuser, so eng aneinandergebaut wie Fliesen auf dem Boden. Die Blöcke sind alle durch ein Straßennetz miteinander verbunden, das überall völlig identisch ist: Dieselben hellgelben Steine und derselbe dunkelstaubige Asphalt.

Die Eintönigkeit der Häuser mit ihren immergleichen Fassaden, flachen Dächern und weiß oder grün angestrichenen Metalltüren machen es für einen Fremden unmöglich, sich zurechtzufinden. Wenn die Regierung die Blöcke nicht nummeriert hätte, hätten sich wohl selbst die Einwohner manches Mal verlaufen und ihre Häuser verwechselt.

Erst wohnten in der City fast nur Schiiten aus dem Süden, und später sind noch einige kurdische Familien aus dem Norden hinzugekommen. Dieser Stadtteil gehört zwar zu Bagdad, aber in Wahrheit liegt er am alleräußersten Rand der gesamten Gesellschaft. Die alten Bagdader – hauptsächlich die Sunniten und die Christen – waren den neuen Bewohnern gegenüber skeptisch, diesen ungebildeten Analphabeten, die sich selbst als die ›Neuen Bagdader‹ bezeichneten. Jeden, der nicht zu ihnen gehört, nennen sie ›Shruqi – Irakischer Ostmensch‹! Die Ostmenschen wehren sich, indem sie die alten Bagdader als ›Stadtspießer‹ beschimpfen. Seitdem hat sich diese Spaltung der Einwohner Bagdads zu einer Art Markenzeichen der Stadt entwickelt.

Alle politischen Bewegungen der Schiiten und die Kommunisten fanden in dieser City begeisterte Anhänger. Zu Beginn der achtziger Jahre reinigte die irakische Regierung die City von unzähligen Oppositionellen, die sich gegen unseren Präsidenten Saddam Hussein stellten, und änderte schließlich den Namen von Revolution City zu Saddam City.«

»Bist du von hier?«

»Nein! Aber mein Bruder ist mit einer Frau aus

dieser City verheiratet. Immer, wenn ich ihre Familie besuche, erzählt mir ihr Großvater diese Entstehungsgeschichte. Es gibt noch viele weitere Geschichten. Vielleicht erzähle ich sie Ihnen ein anderes Mal, wenn Sie wollen. Nun sind wir gleich da. Hinter dieser Kanalbrücke liegt die City.«

»Das ist ja wirklich nicht weit weg von uns!«

»Nein.«

Der Wagen überquert die Brücke und landet auf der anderen Seite. Nichts scheint ungewöhnlich. Geschäfte und Häuser. Eine einfache Straße. Viele Busse. Straßenverkäufer...

»Jetzt sind wir ganz am Anfang der City.«

Ich mustere die Gegend. Auf einem Platz sitzen viele Männer mit Bauwerkzeug. Nur Männer, überall. Einige von ihnen rennen auf einen Wagen zu, der auf dem Platz hält.

»Wo sind wir hier?«

»Man nennt den Platz Kreuzung 55. Hier warten die Bauarbeiter auf Aufträge. Arme Menschen, die dringend einen Job suchen. Die Chefs wählen diejenigen aus, die sie für die Arbeit benötigen.«

Ich sehe mich weiter um, das Straßenbild hat sich gänzlich verändert. Ich kann nicht glauben, dass es Menschen gibt, die so wohnen und leben können. Ekelhaft. Zerstörte Asphaltstraßen und alte Häuser. Karren, Esel, Schafe und Ziegen auf dem Bürgersteig, Pfützen hier und dort, schwarz und schmutzig. Viele Straßenverkäufer, darunter Kinder, die Wasser und Zigaretten verkaufen. Endlos viele Menschen mit schmutzigen und alten Kleidern...

»Warum sieht alles so verwahrlost aus? Es gruselt mich.«

»Ich weiß es auch nicht. Aber je tiefer man in die City hineinfährt, desto schlimmer wird es. Wir sind jetzt im Block 58.«

»Okay, fahr mich bitte zur Al-Thaura High-School! Ich muss zum Hausmeister der Schule.«

Kurz darauf hält das Auto vor der Schule. »Frag den Mann, wo Samia Michael wohnt!«

»Wie war der Name?«

»Samia Michael.«

»Ich bin sofort zurück. Bitte verlassen Sie das Auto nicht! Die Gegend ist ziemlich gefährlich.«

»Gut, geh jetzt!«

Ich bleibe im Auto sitzen und verfolge mit den Augen ein kleines Mädchen, das versucht, auf der Straße einen Drachen fliegen zu lassen. Aber der Papierdrachen streikt. Das Mädchen versucht es weiter, spricht mit dem Drachen und schimpft...

Ashraf ist zurück. »Leider keine gute Nachricht. Der Mann weiß nicht, wo sie wohnt.«

»Was?«

»Der Mann ist noch da, wenn Sie ihn fragen wollen?« Er zeigt auf einen Alten, der vor der Tür der Schule wartet.

»Ja, ich will mit ihm reden!«

»Haji Rahim! Bitte kommen Sie!«

Der etwa sechzigjährige Mann, der ein schwarzes Hemd und eine schwarze Hose trägt, bewegt sich langsam auf uns zu und bleibt vor dem Auto stehen: »Asalam Aleikum!«

»We Aleikum Asalam! Kennen Sie Samia Michael wirklich nicht?«

»Sind Sie ihre Freundin?«

»Ja, wir haben zusammen an der Universität studiert«, behaupte ich, weil ich merke, dass der Mann ziemlich ängstlich und verlegen meinen Blicken ausweicht.

»Vor Jahren hat sie hier gewohnt, zusammen mit ihrer Familie. Vor zwei Jahren ist die Familie einfach verschwunden. Dort ist das Haus«, er deutet mit dem Finger auf ein einfaches Gebäude auf der rechten Seite. »Seitdem steht es leer.«

»Haben Sie keine Ahnung, was aus Samia geworden ist?«

»Wirklich nicht. Nur Gerüchte. Man behauptet, sie lebe jetzt im Ausland und studiere dort. Vielleicht in Österreich. Keine Ahnung, wie all diese Länder heißen. Ihre Familie soll im Norden, in Kurdistan leben. Sie sind ja kurdische Christen. Dort leben ihre Verwandten.«

»Vielen Dank!«

»Gern geschehen! Gott schütze Sie!«

Ashraf bedankt sich gleichfalls bei dem alten Mann und steigt ein.

»Wohin?«

»Weiter! Tiefer in die City. Ich will alles sehen.«

Ashraf fährt los, während der alte Rahim hinter uns her winkt.

Irgendwie beruhigt und erleichtert mich diese Auskunft. Samia hält sich nicht mehr im Land auf. Aber was ist mit Salim, der immer noch versucht, Samia zu erreichen? Trotz allem, für Samia ist es ein Happy End. So kann ich den Brief jetzt einfach ins Arbeitszimmer zurücklegen und werde niemals darüber reden.

Hinter den Fensterscheiben des Wagens betrachte ich die Häuser und Menschen der Gegend. Chaos ohne Ende. Mittendrin unzählige Porträts des Präsidenten, überall. Plötzlich eine Ansammlung von Menschen. Einige stehen auf dem Bürgersteig, andere sogar auf der Straße, wo die Autos fahren. Wohl ein Basar, unendlich groß und hektisch. Das Auto bewegt sich nur langsam vorwärts, weil die Straße fast blockiert ist. Überall Leute, die alles Mögliche verkaufen. Sogar Tauben und Schlangen kann ich erkennen. Fast alle rufen sie gleichzeitig nach Kundschaft. Musik spielt. Ein junger Bursche tänzelt auf dem Bürgersteig, vor ihm auf dem Boden liegen ein Kassettenrekorder und viele Kassetten. Die Musik klingt wie Hochzeits- und Discomusik, es wird viel getrommelt und wenig gesungen.

»Das ist der Basar Mridi. Hier gibt es wirklich alles zu kaufen. Alles, ohne Ausnahme. Hier mit dem Auto zu fahren, ist eine Katastrophe. Immer Stau«, erzählt Ashraf.

Tatsächlich bewegt sich unser Wagen wie eine Schildkröte.

»Chaotisch, so viele Menschen und so viel Müll!«

»Das ist hier so! Schon immer gewesen.«

Ich verfolge weiter mit angeekelter Faszination das Geschehen auf dem Basar. Plötzlich taucht ein Hund aus der Menge auf und etliche Männer, die ihn verfolgen. Einige Menschen lachen. Ich schaue auf das räudige Tier und bemerke, dass links und rechts auf seinem Körper in weißer Farbe »Saddam« geschrieben steht. Die Buchstaben sind groß und für alle deutlich lesbar. »Der arme Hund«, sage ich. »Wer macht so etwas?« Ashraf antwortet nicht. Vielleicht, weil er meine Frage nicht gehört hat?

Der Hund rennt weiter, die Männer hinterher. Einige Polizisten in Uniform sind auch dabei. Bewaffnet. Einer von ihnen ruft: »Nehmt ihn fest! Knallt ihn ab!« Der Hund versucht, sich aus der Menschenmenge zu befreien. Er muss unendliche Angst haben, ist aber schnell und mischt sich schließlich unter die Massen des Basars, die Männer noch immer hinter ihm her.

»Was ist hier los, Ashraf?«

»Bestimmt einige, die Ärger anzetteln wollen. Sie haben den Namen des Präsidenten auf das Hundefell geschrieben! Ungezogene Kinder!«, sagt er.

»Und die Männer hier?!«

»Polizisten und Regierungstreue, die den Hund festnehmen wollen. Mit der Absicht zu verhindern, dass der Köter beim Namen des Präsidenten gerufen wird!«

»Und der arme Hund? Gehört er denn niemandem?«

»Unzählige streunende Köter kommen vor allem nachts, aber auch tagsüber vom Stadtrand Bagdads in die Stadt. Die Regierung versucht die Ausbreitung der Hunde zu bekämpfen, aber sie vermehren sich wie die Fliegen.«

»Und was wird aus diesem hier?«

»Bestimmt wird er heute noch erschossen. Dass der Name des Präsidenten auf einen Hund gepinselt wird, geschieht häufiger. In den letzten Monaten hat das ebenso zugenommen wie die Menge der Köter. Immer hier in Saddam City. Es gibt sogar eine spezielle Polizeieinheit mit der Aufgabe, solche Hunde zu jagen.«

»Aber warum das alles?«

»Ich weiß es nicht.«

»Wer weiß es dann? Du kennst dich hier gut aus! Wozu der ganze Aufwand für ein paar Hunde?«

»Nun gut. Die Regierung nennt die schiitischen Rebellen seit 1991 manchmal in der Öffentlichkeit ›streunende Hunde‹. Deswegen sieht man das hier. Stille Rache vielleicht?«

»Okay. Lass uns zurückkehren!«

»Ja, es ist besser so!«

Ich fühle mich unendlich fremd hier, so nah an meinem Wohnort. Plötzlich passiert so viel in meinem Leben. Alles kommt mir abenteuerlich vor. Es geschehen so viele seltsame Dinge um mich herum, ganz in meiner Nähe, von denen ich nichts weiß und mit denen ich nicht gerechnet habe. Lebe ich auf einem anderen Planeten? ...

Das Auto fährt weiter, und ich beobachte diese fremde Welt mit Misstrauen. Wäre ich nur schon zu Hause! Ich möchte meine Kinder in die Arme schließen, festhalten und küssen. Und am liebsten würde ich bei ihnen weinen.

Bald wird das Auto die Kanalbrücke erreichen und wir werden Saddam City endlich hinter uns lassen.

Zu Hause werde ich den Brief zurück auf Ahmeds

Tisch legen und mir nichts von alldem anmerken lassen. Die Rolle der ahnungslosen Ehefrau kann ich nur zu gut spielen. Gott, ich habe schon wieder nichts getan. Ich fühle mich so hilflos. Nein, ich werde etwas tun.

»Halt bitte irgendwo hier an!«

»Sofort.«

Das Auto stoppt auf der rechten Seite, gegenüber einer Autowerkstatt.

»Hast du ein Feuerzeug?«

»Ja, nehmen Sie es!«

Ich öffne die Tür, nehme den Brief aus meiner Tasche, zünde ihn an, und als er richtig Feuer fängt, werfe ich ihn vor mich auf die Straße. Langsam verkohlt er und wird zu Asche. Nur ein kleines Stückchen des Papiers bleibt verschont. Mit einem großen Schritt steige ich aus dem Auto, beuge mich hinunter, sehe genau hin und lese:

»Die Glaubwürdigkeit unserer Geschichte besteht vermutlich darin, dass sie weder glaubwürdig noch unglaubwürdig ist. Sie ist eben nur eine mesopotamische Geschichte ...«

Aus unserem Verlagsprogramm

Aus unserem Verlagsprogramm

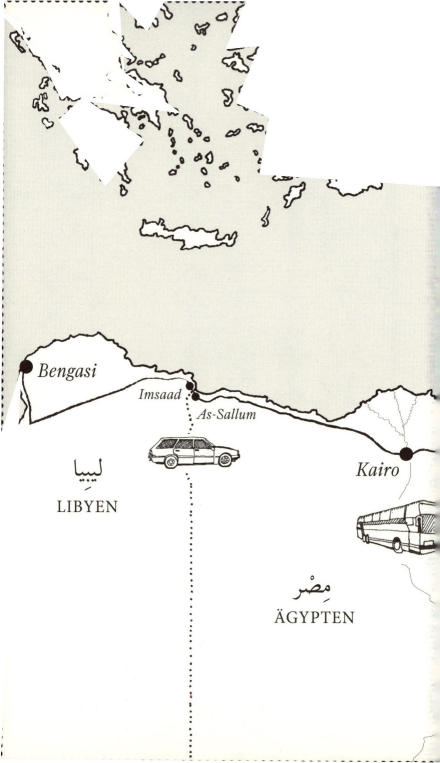

Bengasi

Imsaad

As-Sallum

Kairo

ليبيا

LIBYEN

مِصْر

ÄGYPTEN